KB200911

나한테 왜 그랬어

장수명 청소년소설

나답게 청소년 소설

나한테 왜 그랬어

찬란한 청춘들이여!
그대들이 가지고 온, 온 우주를 의심하지 말고,
자신의 나침반을 철저히 관리하여 도착 지점에
정확하게 도착할 수 있도록 우주로 뻗은 자신의
안테나 주파수를 놓치지 말기를 바란다!

도서
출판 **답게**

| 차례 |

01
뒤바뀐 운명

하늘은 잔뜩 찌푸린 먹빛으로 금방이라도 굵은 비가 한줄기 쏟아질 것 같았다.

"아이구 더워! 비가 오려면 빨리 오지."

아버지는 하늘을 올려다보며 땀으로 찐득거리는 옷을 벗어들고, 수돗가로 갔다.

"이지민, 나와서 아빠 등목 좀 해라!"

방안에서는 아무런 기척이 없다.

"뭐 하니!"

아버지는 수돗가에 엎드려 버럭 소리를 질렀다. 하지만 방안에서는 여전히 아무런 기척도 느껴지지 않았다.

"다 어디 갔나?"

아버지는 몸을 일으켜 꽉 다문 방문을 요란스레 열어젖히며 또 한 번 소릴 지른다.

"날씨가 이렇게 더운데 방문은 왜 닫고 있는 거야."

미닫이문을 열자, 곤하게 잠들어 있는 지아가 보였다. 아버지는 언젠가부터 지아만 보면 다짜고짜 화부터 버럭 내곤 했다.

"아니, 이거 뭐야!"

갑자기 몸을 돌려 마당 한 귀퉁이에 세워져 있던 커다란 몽둥이를 쏜살처럼 찾아 든 아버지는 방으로 달려들어 가며 소리를 질렀다.

"야, 이 계집애야, 벌건 대낮에 자빠져서 잠을 자!

남은, 땡볕에 땀을 비 오듯이 흘리며 일하고 있는데!"

아버지는 곤하게 잠든 지아를 다짜고짜 몽둥이로 때리기 시작했다. 깊은 잠에 빠졌던 지아가 날아드는 몽둥이에 놀라 벌떡 일어나 앉는다. 하지만 아버지가 휘두르는 커다란 몽둥이는 지아의 몸 여기저기를 훑고 지나갔다.

"아버지 잘못했어요! 아버지 다시는 안 그럴게요."

아무런 영문도 모르는 지아는 두 손을 모아 싹싹 비비며, 아버지에게 애원했다. 하지만 아버지의 매질은 멈추지 않았다.

"야, 이 재수 없는 계집애, 너 오늘 잘 걸렸다!"

아버지는 정신이 나간 사람처럼 지아를 때리기 시작했다.

"아버지, 한 번만 살려주세요!"

지아는 아버지 다리에 매달려 한 번만 살려달라고 빌고 또 빌었다. 하지만 아버지는 그런 지아를 발로 걷어차며, 닥치는 대로 지아의 몸 여기저기에 심한 매질을 했다.

"아이구, 이 씨, 또 왜 이러나? 애 잡겠어!"

앞집에 사는 순이 할머니가 황급히 달려와 아버지의 팔을 잡아채며 어르고 달래 보지만 아버지는 실성한 사람처럼 막무가내로 소리를 지르며 잡힌 팔을 빼내려 버둥댔다.

"아, 놓으세요 쫌! 내가 오늘 저 재수 없는 계집애를 그냥 확……."

아버지는 순이 할머니의 손을 뿌리치며 지아에게 또다시 달려든다.

"아이고, 지아야, 뭐 하니? 어서 밖으로 나가! 어서!"

지아는 그제야 부리나케 집 밖으로 달려 나왔다. 입술은 터져서 피떡이 졌고, 지아의 몸 여기저기는 굵은 몽둥이에 맞은 붉은 자국이 울긋불긋 그어져 있었다.

"이 씨, 왜 툭하면 저 어린것을 때리나?"

"재수 없는 계집앱니다."

아버지는 숨을 헉헉 몰아쉰다. 그리고 잠시 머뭇거리더니 갑자기 울음을 토해냈다. 꺼억꺼억 우시던 아버지는 죽은 지아 엄마를 부르면서 욕을 한다.

"아이고, 아이고, 내가 무슨 죄가 있어서……,

내가 무슨 죄가 많아서 그런 몹쓸 여·편·네를……."

순이 할머니는 슬그머니 그런 아버지를 두고 자리에서 일어났다.

'이제 좀 잊을 법도 하건만……'

순이 할머니는 갑자기 11년 전 지아가 태어나던 그날이 생각났다.

유난히 바람이 거세게 불어 대던 그날.
문 산부인과에 불이 나던 그날.
지아 엄마가 화마에 목숨을 잃어버린 그날.

"난산이야! 수술을 해야 할 것 같아!"
작은 시골 마을 산부인과 의원은 어수선해졌다.
"게다가 태아도 둔위(아기가 거꾸로 있는 모양. 다리가 아래쪽으로 있는 모양)로 있어!"
"원장님 몰랐데?"
"오늘 처음 온 환자니까, 당연히 모르셨겠지."
"그런데 보호자도 없고, 정말 어쩌지?"
간호사들은 산모 김진숙을 두고 말들이 많았다.
산모 김진숙은 진통을 느끼는 순간순간 여러 차례 의식을 잃고 기절했다. 정말 이대로라면 산모는 죽을지도 모르는 상황이었다. 분만실은 술렁였다. 산모와 아기를 그대로 둘 수도 없고 그렇다고 보호자도 없는데 무작정 수술을 할 수도 없다. 만약 산모나 아기가 잘못되면 그 책임은 고스란히 문 산부인과 책임이기 때문이다. 어떠한 선택도 이래저래 난감한 상황이었다.

"한 간호사 수술 준비 빨리해 줘."

한참 동안 고심하며 망설이던 문설주 원장님은 다급하게 말했다. 분만대기실은 수술 준비로 갑자기 분주해지기 시작했다.

"마취과장님께 빨리 연락하고!"

그때였다.

분만대기실 옆 분만실에서 외마디 비명이 잦아지더니, 분만실 가득히 아기 울음소리가 울려 퍼졌다.

"축하합니다! 공주님입니다!"

'또, 딸……'

분만대기실에서 김진숙 옆에 있었던 산모 이나영이다. 산고에 시달렸던 그녀의 얼굴이 흙빛으로 굳어졌다. 나영은 고개를 돌린다. 아기를 이나영에게 건네려던 간호사는 주춤거리며 말했다.

"이나영 산모님, 어디 불편하신가요?"

나영은 고개를 가로젓는다.

바로 그때,

둔위로 난산을 겪던 김진숙을 수술실로 막 옮기려던 분만실에서 산모 김진숙이 갑자기 얕은 신음을 뱉으며 온몸에 힘을 주며 소리를 지른다. 뒤이어 산고에 시달린 아기의 가느다란 울음소리가 터져 나왔다.

"무사히, 딜리버리(출산: delivery) 했어. 아, 다행이야!"

"정말, 다행이에요 원장님!"

"축하합니다! 왕자님입니다!"

분만실은 몹시 힘들었던 산모의 출산으로 안도와 기쁨으로 술렁였다.

"아들, 왕자요!"

온몸이 땀으로 흠뻑 젖은 산모 김진숙의 얼굴에 웃음꽃이 번진다. 어쩌면 목숨을 잃을 수도 있었던 급박했던 조금 전의 모든 고통을 잊은 채 아들을 낳았다는 기쁨으로 김진숙은 너무나 행복한 얼굴로 아기를 바라보고 있었다.

송산모 김진숙. -아들-

우산모 이나영. -딸-

2인실 낡은 병실문에 송 김진숙, 우 이나영이라는 이름표가 붙여졌다.

한 번도 만난 적 없는 두 산모의 눈빛이 마주쳤다. 두 산모는 누가 먼저랄 것도 없이, 기운 없는 미소를 보였다.

"저는 딸 셋 낳고, 오늘 아들을 낳았어요."

진숙은 난산 끝이라, 희미하게 웃으며, 간신히 말했다. 목소리는 낮았지만, 얼굴엔 기쁨을 한껏 드리운 얼굴로 아기를 내려다본다. 암팡지게 꽉 쥐고 있는 작은 주먹, '김진숙 아기'라고 쓰인 파란색 팔찌를 찬 아가의 하얀 손목을 진숙은 손가락으로 조심조심 더듬어 본다. 어찌나 보드라운지 진숙의 거친 손끝에 금방 생채기가 생길 것 같은 여린 살갗이 전해졌다.

'내 아가.'

진숙의 눈언저리가 붉어지며 눈물이 고인다.

"좋겠어요. 저도 위로 딸이 셋이나 있는데, 이번에 또 딸을 낳았어요.

할 수만 있다면 지금 당장이라도 다시 아기를 낳고 싶네요……."

나영은 맞은편 침대에 누워 기쁜 눈물을 보이는 진숙을 보며 말했다.

'이쁜 얼굴이다.'

곤히 잠들어 있는 아기 얼굴을 찬찬히 살핀다. 오뚝한 콧날에 순하게 생긴 반달눈썹, 꼭 다문 작은 입술은 흡사 앵두를 떠올릴 만큼 붉다.

'이쁜 우리 아기, 나쁜 생각한 엄마가 미안.'

나영은 새근거리며 잠든 아기의 볼에 살며시 손등을 댄다. 따뜻하고 말랑한 느낌이 손등을 타고 전해졌다. 가슴이 아렸다. 울컥해진 나영이 속삭였다.

"미안하다, 아가야. 잠시라도 엄마가 널, 두고……."

나영의 촉촉하게 젖은 눈을 본 진숙은 왜 그러시냐고 묻는다.

"아, 아니에요. 휴우……."

눈언저리를 손등으로 닦으며 나영이 말을 돌렸다.

"저도 이번에는 무슨 일이 있어도 아들을 낳아야 했는데, 그런데 또 딸을……."

"그놈의 아들이 뭔지, 아들, 아들! 여자들만 죽어난다니까요!"

퉁퉁 부은 얼굴로 미간에 내 천자를 그으며 진숙이 나영을 위로하려는 듯이 말한다. 그런 진숙을 보면서 나영이 긴 한숨을 뱉는다.

"저는 오늘 죽는 줄 알았어요. 잠이……, 자꾸 쏟아지네요."

축 처져서 한숨짓는 나영의 모습에 공연히 너스레를 피우던 진숙이 이내 깊은 잠 속으로 빠져들었다. 잠든 진숙의 모습을 보던 나영도 졸음이 밀려왔다. 두 산모는 아주 깊은 잠 속으로 빠져들었다.

나영은 꿈을 꾼다.

쫓기는 꿈을 꾸고 있었다. 형체를 알 수 없는 희뿌연 물체가 자꾸만 나영을 쫓아오고 있었다. 나영은 있는 힘을 다해 도망갔지만, 다리는 자꾸만 휘청거리며 휙휙 접히기만 할 뿐 제대로 움직이지 않았다.

"아~, 누구 없어요? 살려주세요!"

희뿌연 물체가 나영에게 달려든다. 순간, 하얗게 먼지가 일어나면서 숨이 헉 막혔다.

'숨을 쉴 수가 없어!'

희뿌연 물체는 나영의 몸속으로 후욱 빨려 들어왔다. 순간, 목구멍을 찢어놓는 듯 심한 통증이 느껴졌고, 온몸은 살갗이 벗겨진 것처럼 쓰라렸다.

"아·악!"

나영은 비명을 지르다가 잠에서 깨어났다. 그런데 뭔가 좀 이상했다. 매캐한 냄새가 콧속으로 훅 빨려 들어왔고, 눈을 떴는데도 병실 안이 희미하게 보였다. 마치 뿌연 안개가 낀 것처럼 제대로 보이지 않았다.

'웬 안개?'

나영은 아기를 살펴보았다. 선명하지는 않지만, 아기는 새근거리며 자고 있었다. 하지만, 맞은편 진숙의 침대는 희뿌연 안개 속에 갇힌 듯 잘 보이지 않았다.

'아직도 자나 보다.'

진숙은 꼼짝도 하지 않는다.

"콜록, 콜록!"

갑자기 숨을 쉴 수 없을 만큼 매캐하고 지독한 연기 냄새가 온몸에 소름을 돋게 했다.

'불?'

"불이야, 불이야~!"

나영은 저도 모르게 불이라고 외쳤다.

"내 아가!"

나영은 급하게 고개를 숙이고 아가의 작은 가슴에 귀를 댄다. 팔딱거리는 심장 소리가 나영의 귀를 타고 빠르게 전해져 왔다.

"애기 엄마! 이봐요 애기 엄마~!"

후들거리는 다리를 끌고 진숙의 침대로 가려고 했지만, 심한 현기증으로 주저앉고 말았다. 바로 옆 침대가 마치 십리 길은 되는듯했다.

"이, 이봐요, 애기 엄마!"

간신히 진숙의 침대로 가서 흔들어 깨웠지만, 땀에 축축이 젖은 진숙은 꼼짝도 하지 않았다.

"아기 엄마 어서 일어나요! 어서요. 불이 난 것 같아요! 콜록!"

그때였다. 병실문 밖에서 웅성거리는 사람들 소리가 들리기 시작했다.

"불이야~! 불이야~!"

막연하게 불이 났을 거라고는 생각했지만, 사람들이 외치는 불이라는 소리에 나영은 정신이 번쩍 들었다. 폐를 뚫고 들어오는 연기 때문에 숨쉬기는 점점 어려워지고 있었다.

'아가……'

나영은 아기에게로 몸을 돌렸다. 그리고 잠든 아기를 가슴 깊숙이 꼭 껴안았다.

"아가, 가자."

나영이 아기를 안고 병실문 앞으로 다가갔을 때였다.

"응애앵! 응애앵!"

진숙의 아기가 울기 시작했다.

"애기 엄마~, 어서요, 어서 일어나요~!

제발요, 불이 났어요~, 불이 났다고요~!"

나영은 진숙을 흔들어도 보고, 팔을 꼬집어도 보았지만, 아무런 기척이 없었다. 나영은 울고 있는 진숙의 아기를 황급히 안았다.

"그래, 아가야."

진숙은 여전히 꼼짝도 하지 않았다.

"애기 엄마, 애기 엄마……, 어서요, 어서요. 불이 났단 말이에요."

나영은 가쁜 숨을 몰아쉬면서 진숙을 다시 한번 흔들어 깨웠지만, 진숙은 여전히 미동도 하지 않는다. 두려움에 눈물이 왈칵 쏟아졌다. 게다가 숨쉬기는 점점 어려워지고 있었다.

"콜록, 쨱, 쨱!"

이제 더는 나영도 버틸 수가 없었다. 두 아이를 안고 병실문을 연 순간이었다. 시커멓고, 뜨거운 연기가 병실 안으로 훅 들이쳤다.

"콜록콜록, 쨱, 쨱~!"

허겁지겁 병실문을 닫은 나영은 이리저리 서성이며 안절부절 못했다.

'어쩌지, 어쩌지!'

갑자기 양팔에 안긴 아기들이 자지러지듯이 울기 시작했다.

"그래, 그래, 아가야.

괜찮아. 그래, 그래."

나영은 두 아기를 얼러본다. 하지만 아기들의 울음은 좀처럼 그치지 않았다.

"도와주세요! 사람 살려!"

나영은 있는 힘을 다해 소리를 지른다. 하지만 병원 안에는 아무도 없는 모양이다. 매캐한 연기만 실 안으로 스멀스멀 스며들고 있었다.

"살려주세요!"

나영은 무서웠다. 죽음이 느껴졌다.

'이대로 죽을 순 없어.'

나영은 양팔에 안긴 아기들을 내려다보며 어떻게든 살아야 한다는 생각만 했다.

'그래. 이불.'

나영은 욕실문을 닫고 욕조에 이불을 깔아 아기들을 눕히고, 세면대에 물을 받는다. 침대 시트를 세면대 물에 적셔서 욕조 위로 텐트를 만들어 덮었다. 그리고 수건을 적셔 얼굴을 가린 후,

앉아 생각했다.

'이대로 기다리면 될까?

아니야, 아기들을 데리고 나가야 할지도 몰라?

사람들이 우리가 여기 있다는 걸 모를 수도 있잖아?'

나영은 머릿속이 헝클어진 실타래처럼 복잡하게 뒤엉켜 생각이 정리되지 않았다.

"누구 있어요?"

아주 멀리서 조그맣게 사람 소리가 들렸다.

"여기, 여기 있어요.

우리 있어요~! 살려주세요~!"

욕실문을 연 순간 메케한 연기가 목구멍을 막았다.

"켁, 켁~!"

'여기, 여기 사람 있어요~!'

말이 나오지 않았다. 연기에 휩싸인 병실에서 나영이 휘청거렸다. 그때, 두 아기가 자지러지게 울기 시작했다.

"응애애앵, 응애애애앵~"

"여기 아기가 울어요~!"

복도에서 나는 소리가 틀림이 없었다. 나영은 젖은 시트와 타올로 아기를 감싸서 양팔에 안았다. 그리고 병실문 가까이 가서 무릎을 꿇고 납작 엎드려 조심스레 문을 열었다. 자욱한 연기 속에서 시뻘건 불길이 보였다.

"응애앵, 응애앵~!"

아기들은 잠시도 쉬지 않고 울었다. 나영은 두 아기를 안고 팔꿈치와 무릎으로 바닥을 기어갔다. 병원 이곳저곳이 부서져 내려앉는 요란한 소리가 들리기 시작했고, 얼마를 기었는지 팔꿈치와 무릎은 쓰리고 따가웠다. 하지만 그 이상의 고통을 알아차리지는 못했다.

"누, 누…구…없어요?"

제발 누군가가 이 무서운 상황에서 구출해 줄 것을 나영은 간절히 기도했다.

'절대자여, 신이시여, 제발 도와주시옵소서……!'

눈물과 콧물이 범벅이 되어 쏟아졌다.

"여기! 이쪽에 사람이, 아기도 있어요!"

앞이 보이지 않는 자욱한 연기 속에서 누군가 소릴 지르고 있었다.

"여기요! 아기가 둘……, 있어요! 도와주세요!"

나영은 소리가 들리는 쪽을 향해서 있는 힘을 다해 소리 지르며 기어갔다.

"지금 가고 있으니까, 조금만, 조금만 더 힘을 내세요!"

맞은편에서 들리는 소리는 점점 아득해지고 있었다. 그때였다. 누군가가 나영을 향해 오고 있었다. 119 소방대원이었다. 두 아기는 또다시 자지러지듯이 울기 시작했다.

"이제 괜찮습니다. 어머니.

고생하셨습니다. 어머니!"

"아기들을……."

잠시도 멈추지 않고 울어대는 아기들을 내려다보며 나영이 말을 잇지 못한다. 죽음 앞에서 두려웠던 마음이 고스란히 울먹임으로 표현되던 순간이었다.

"흑, 흐으흑!"

"이제 괜찮습니다. 고생하셨습니다."

나영에게서 아기를 건네받은 소방대원은 주섬주섬 주머니에서 조그만 니퍼를 꺼내 들더니, 아가들의 작은 손목에 매여져 있던 파란색 띠와 분홍색 띠를 끊어냈다. 비닐로 만들어진 팔찌는 뜨거운 열기에 녹은 모양이었다. 쭈글쭈글 일그러져 있었다.

"아기들이 화상을 입었네요. 아플 텐데……."

"어디, 어디 봐요."

나영이 소방대원에게 안겨 있는 아기를 받아 손목을 들여다본다. 뽀얗고 가는 손목이 빨갛게 부풀어 올라 말간 물집이 군데군데 잡혀 있었다.

"쌍둥이를 출산하셨나 봅니다."

"아, 아니……."

소방대원은 나영을 데리고 여전히 매캐한 연기가 가득한 복도를 지나 비상구라고 쓰여 있는 곳에서 멈춰 섰다. 사다리가 올라와 있었다. 사다리를 보자 안도의 숨이 쉬어졌다. 그제야 살았다는 안도감이 찾아왔다. 안도감 때문인지 맥이 풀려버렸다. 갑자기 온몸이 사시나무 떨듯이 떨리면서 나영은 꼼짝도 할 수가 없었다.

"어서 내려가세요."

"……."

멈칫거리는 나영을 소방대원이 다시 재촉했다.

"괜찮습니다. 마음 놓고 올라타시면 됩니다.

어서 내려가시지 않으면 또다시 위험할 수도 있습니다."

소방대원의 재촉은 계속되었다. 그렇지만 이미 풀어진 다리는 후들후들 떨리기만 할 뿐 오금이 저려서 한 발짝도 떼놓을 수가 없었다.

"응애앵, 응애앵~!"

아기가 갑자기 세차게 울기 시작했다. 그 순간 나영은 정신이 번쩍 들었다. 아기는 나영이 손이 얼굴에 닿자, 고개를 돌려 나영의 손에 입을 갖다 댄다. 배가 고픈 모양이었다. 그런 생각이 들자, 나영은 소방대원에게 안겨 있는 아가를 보며 가슴이 쿵쿵 뛰었다.

"어서요. 어머니, 이 아기는 제가 안고 내려갈 테니 걱정하지 말고 어서 내려가세요."

소방대원은 계속 재촉했다. 후들거리는 다리에 힘을 주며 간신히 발을 떼고 두 눈을 질끈 감은 나영이 사다리에 올라섰다. 품 안에서 꼼틀대는 아기. 차갑고 따끔거리는 통증이 폐 속 깊숙이 파고들었다.

"휴우~!"

심장이 뻐근하게 아팠다.

"짝짝짝!"

애간장을 끓이며 아래에서 용기를 준 마을 사람들이 나영이 내려오자 환호하며 박수 쳤다. 나영은 눈물이 쏟아졌다. 그리고 가슴이 너무너무 아렸다.

'내 아기.'

곧이어 날카로운 소리가 요란하게 울렸다. 유리창 깨지는 소리며 여러 가지 병원 집기들이 내려앉는 소리들이 작은 도시를 온통 흔들어 놓았다. 문 산부인과는 거대한 붉은 화염에 휩싸여 요란한 소리를 내며 내려앉고 있었다.

나영은 소름이 돋았다.

"세상에, 정말 큰일 날 뻔했구려!"

"애기 엄마 장하구려!"

"삼신할머니가 돌봤어."

사다리에서 막 내려서서 대기하고 있던 보조 침대로 옮겨 눕는 나영을 향해 아주머니 몇 분이 말을 건넸다.

"아가가 참, 잘생겼네."

"이 와중에 자는 것 좀 봐."

"제 엄마 살려내려고 그렇게 울어대더니. 천연덕스레 잠들어 있는 아가 좀 봐요!"

"효자네! 효자야~!"

곁에 섰던 사람들은 저마다 한마디씩 했다. 그렇게 울어대던 아기는 나영의 품에서 세상모르게 자고 있었다. 나영은 흐르는 눈물을 주체하지 못했다.

"저, 산모님, 몇 호실에 계셨죠?"

얼굴에 시커먼 그을음으로 덕지덕지 묻은 간호사가 조심스레 다가와 나영의 등을 토닥이며 묻는다.

"음, 그게……, 212호."

"2인실이네요. 성함은?"

"……."

순간, 정신을 차리지 못하고 있던 진숙의 모습. 아기 팔목에서 벗겨낸 파란 비닐 팔찌가 또렷하게 떠올랐다.

'김진숙 아기'

나영은 몸을 움츠리며 심하게 떤다.

간호사는 그런 나영의 손을 꼭 잡아주며 말했다.

"많이 놀라셨죠?"

나영은 고개를 주억거리며 몸을 움츠리며 간신히 말한다.

"나, 나는…이, 이나영. 그리고 …하, 한 사람은 김진숙."

통통 부어오른 얼굴로 희미하게 웃던 진숙의 얼굴. 눈물이 왈칵 쏟아진다.

"나, 나는…… 흐흐흑~!"

"빨리 산모를 구급차로 옮겨요!"

어깨를 들썩이며 감정이 격해지는 나영을 보고 간호사가 소리를 질렀다. 나영은 구급차에 실렸다. 그때였다. 소방대원이 아기를 안고 구급차로 달려왔다.

"어머니! 이 아기……."

나영이 고개를 돌려 소방대원을 외면했다.

"아, 그 아기는 그분의 아기가 아니에요. 같은 병실에 있던……."

간호사의 목소리가 점점 잦아지며 아득하게 멀어져갔다. 나영은 어둡고 긴 터널을 지나고 있었다. 불빛만이 어지럽게 나영의 머릿속을 뱅뱅 돌고 있었다.

"에휴, 지아 엄마 진숙은 그날, 그렇게 황망하게 가……."

지옥이었다.

활활 타오르던 문 산부인과.

느닷없이 순이 할머니는 그때 일이 불쑥 생각났다.

문 산부인과에 불이 난건 옆, 아파트 모델하우스 전기누전으로 인해 화재가 발생했고, 그 불길이 문 산부인과로 옮겨붙으면서 걷잡을 수 없이 번진 대형 화재 사건이었다.

문학마을에 아파트가 들어선다고, 모델하우스를 짓고 있었다. 합판과 판넬로 짓는 모델하우스는 금방 완공되었고, 마을 사람들은 다 지어진 멋진 모델하우스를 보고 감탄했다.

"우리 마을도 이제 도시가 되겠네."

"이런 집에서 살면 얼마나 좋을까!"

마을 사람들은 몇 번씩 그 모델하우스를 드나들며 세간이 잘 마련된 아파트에서 살고 싶다는 생각들을 했다. 만삭의 몸을 한 진숙도 그곳을 몇 번이고 돌아보곤 했었다. 그런데 그 모델하우스가 진숙이 산통을 느끼며 배를 움켜잡고 병원으로 간 그날 갑자기 벌건 혀를 내밀며 타오르기 시작했다.

순식간에 벌어진 일이었다.

마을 사람들이 우왕좌왕하는 사이 불에 약한 합판과 판넬로 지어진 모델하우스는 건조한 겨울철 날씨와 맞물려 거칠게 휘몰아치는 바람을 타고 순식간에 거대한 불덩이 괴물의 불쏘시개로 변해버렸다.

"불이야! 불이야!"

불은 삽시간에 모델하우스를 집어삼키며, 바로 옆, 문 산부인과로 옮겨붙었다.

"큰일이다! 불이 번지고 있어!"

"산부인과로 불길이 번지고 있어!"

사람들은 소리를 지르며, 집에서 양동이를 들고 오고, 수돗물 호스를 끌어내었다. 하지만 너무나 거센 불길은 사람들의 그런 노력을 비웃기라도 하는 듯 기세등등하게 붉은 기둥을 만들어 널름거리는 붉은 혀를 내밀었다. 오히려 그 불덩어리 괴물은 사람들을 놀리기라도 하는 듯이 문 산부인과의 창을 타고 유유히 병원 안으로 시뻘건 혀를 널름거리며 옮겨가고 있었다. 문 산부인과는 삽시간에 붉은 화마에 휩싸이며 뿌연 연기로 자욱해졌다.

조금 떨어진 도시에 있던 소방차가 도착했을 때는 불덩이 괴물이 이미 산부인과로 완전히 옮겨붙고 난 후였다. 사람들은 불덩이 괴물이 제풀에 꺼지도록 기다리는 수밖에 없었다. 문 산부인과와 모델하우스를 다 태우고서야, 거센 바람도, 붉은 혀를 널름거리며 활활 타오르던 불덩이 괴물도 사라졌다. 마을 사람들은 부지불식(생각지도 알지도 못함)간에 일어난 이 엄청난 화재에 얼이 나간 듯했다.

"휴우~!"

순이 할머니는 한숨을 몰아쉬면서 몸을 떤다.

"지아 아버지가 그날 서울만 가지 않았더라도 지아 엄마가 그렇게 가는 일은……."

혼잣말처럼 중얼거렸다. 그리고 지아 아버지를 돌아보면서 한

마디 한다.

　"이 씨, 지아 좀 그만 때려! 애가 꾀들고 커가는데, 자꾸 그러면 애 마음 다치지.

　내가 보니까 지아가 아주 똑똑해."

　순이 할머니는 그렇게 한마디하고 대문을 나섰다.

02
미운 오리 새끼

교실 안은 아이들의 떠드는 소리로 시끌벅적했다.

"자, 여름방학 동안 부모님 말씀 잘 듣고, 물놀이 조심하고, 개학 때 건강한 모습으로 다시 만나자!"

"예~!"

아이들은 교실이 떠나가도록 큰 소리로 대답했다. 하지만 지아의 마음은 너무나 무겁다. 무서운 아버지와 방학 동안 함께 지낼 생각을 하니 눈앞이 캄캄했다. 가슴이 벌렁대며 마구 두근거려 숨쉬기조차 힘들었다.

"하아, 하아~!"

"지아야, 방학 잘 보내라."

지아의 마음을 알아차린 것처럼 선생님은 지아의 어깨를 토닥여주었다. 그리고 따뜻하게 안아주기까지 한다. 지아는 순간, 눈물이 솟아올라, 하마터면 소리 내어 엉엉 울 뻔했다. 간신히 울음을 참으며, 왁자지껄하게 떠드는 아이들 틈으로 파고들었다. 반

아이들은 방학 동안 부모님과 여행할 계획이라며 저마다 재잘거리며 한껏 들떠있었다.

'참, 좋겠다.'

지아는 아이들의 웃음이 부러웠고, 활짝 웃는 표정이 몹시 부러웠다.

'나도 엄마가…….'

느닷없이 엄마를 생각한 자신에게 스스로 깜짝 놀랐다. 그래서 마치 무슨 죄라도 지은 사람처럼 얼굴이 화끈거렸다. 재빨리 교문을 나서는 아이들 속을 비집고 교문을 빠져나왔다. 그리고 마음속으로 생각했다.

'이번 방학 동안은 무엇보다도 아버지의 사랑을 얻어 볼 거야.'

그런 생각을 하자, 마음이 한결 가벼워지는 것 같았다.

방학 시작한 지 며칠 지났다. 다행히 그동안 지아는 아버지에게 혼이 나거나, 얻어맞지 않았다. 그래서인지 지아의 표정은 많이 밝아졌다. 늘 주눅이 들어서 움츠려져 있던 마음에 용기도 생겼다. 지아는 아버지에게 잘 보이고 싶었다. 그래서 아무도 몰래 아버지의 먼지 묻은 구두를 입김을 호호 불어가며 반짝반짝 윤이 나게 닦았다. 그러던 어느 날이었다.

"너 지금 뭐 하는 거야?"

버럭 소리를 지르는 아버지 소리에 놀란 지아는 닦고 있던 구두를 바닥으로 떨어뜨리고 말았다. 황급히 구두를 집어 드는 지아의 뒷머리로 아버지의 억센 손이 날아들었다.

"야, 이 기집애야, 누가 너 보고 내 구두 만지래!"

아버지는 어떻게 할 겨를도 없이 다짜고짜 지아에게 달려들었다. 그 바람에 아버지의 구두를 또 놓치고 말았다. 지아는 바닥에 떨어진 구두를 급하게 다시 주워 든다.

"그냥 두라고 했지! 만지지 말라고 했지!"

아버진 소리를 벼락처럼 지르며, 그 큰손으로 지아의 뺨을 사정없이 휘갈겼다.

"…아·버·지, 잘·못·했어요!"

때마침 대문을 열고 들어오는 큰언니를 밀치며 지아는 대문 밖으로 황급히 달아났다.

'아버지 미워!'

지아의 눈에서 굵은 눈물이 후드득 떨어진다. 매일 아버지에게 까닭 없이 혼이 나는 지아. 공부하면 전기세 많이 나오게 밤늦도록 공부한다고 혼나고, 심부름 좀 하려고 하면 재수 없게 나선다고 혼나고. 지아는 아버지에게 얻어맞은 오른쪽 뺨이 얼얼하다.

빨갛게 부어오른 뺨을 어루만지며, 지아는 노래를 불렀다.

'나뭇잎 푸르르고, 잎 무성할 때 수 많은 새들이 다 와서 놀더니만, 찬 서리 내려오고, 잎이 다 지면 어디로 갔나 아무도 오지 않네. 나무는 알고 있네, 다시 또 봄이 오고, 가지에 물오르면, 다

시 또 찾아오고, 잎 지면 떠나가는…….'

슬프고 속상하면 지아는 노래를 불렀다. 그러다 보면 조금씩 마음이 가라앉았고 제 눈물에 슬픈 마음이 녹아서 사라졌다.

'이제는 본부가 있으니까 괜찮아.'

열한 살 지아는 철길 옆 철둑에 본부를 만들었다. 아버지에게 맞아서 시뻘겋게 달아오르고 피멍 든 얼굴로 어디를 갈 수는 없었다.

그런 어느 날이었다. 그날도 아버지에게 맞아 피떡이 진 얼굴로 대문을 박차고 나왔지만, 마땅히 갈 곳이 없었던 지아.

'나는, 나는 왜, 태어났을까?'

눈물범벅이 된 지아가 오래된 블록공장 공터 모퉁이를 막 돌 때였다.

'까마귀.'

살짝 부리를 벌린 까마귀가 지아 가까이 날아왔다가 날아가곤 했다. 무섭지 않았다. 지아와 까마귀는 마치 나란히 걷은 듯이 걷고 있었다. 철길 옆 철둑이었다. 까마귀는 아카시아 나뭇가지에 훌쩍 날아올라 한참을 앉았다가 날아가 버렸다. 혼자남은 지아는 한참 동안 철둑에 오도카니 앉아있었다. 꽤 시간이 흘렀나보다 서러움도 무서움도 잊어버렸다.

'비밀장소.'

지아는 비밀본부를 만들었다. 아무도 모르게 지난 6월부터.

지아는 블록공장에서 나뒹구는 벽돌과 깨진 블록들을 주워 바닥을 깔고, 아카시아 나뭇가지를 얼기설기 엮어서 벽과 지붕을 만들었다. 그리고 분홍광대나물이며 괭이밥, 양지꽃, 고추풀들을 본부 옆에 옮겨 심었다.

지아는 이제 마음 놓고 실컷 울 곳도 생겼고, 마음 놓고 누워 있을 곳도 생겼다.

'슬프고 두렵지만, 고등학교 졸업할 때까지만 참을 거야.'

지아는 차가운 바닥에 등을 대고 누웠다. 시멘트로 만들어진 블록의 차가운 기운이 아픔에 쓰린 등을 시원하게 식혀준다. 혼자 있을 수 있어서 다행이지만 마음은 너무 슬프고 두렵다. 아버지와 한번 사이가 벌어지면 그 상황이 너무나 오랫동안 이어지는데, 방학은 아직도 많이 남았는데 눈앞이 캄캄하다.

"괴로워도 슬퍼도 나는 안 울어……."

한참을 되감기 테이프처럼 노래를 되부르던 지아가 멈췄다.

"아빠는 언제쯤이면 날 좋아할까?"

"내가 어릴 땐, 아빠가 날, 많이 예뻐했는데 지인이 언니가 질투할 만큼."

혼자서 제게 묻고, 제 물음에 답을 하면서 지아는 정말 슬펐다.

"이지아, 왜 태어났니?"

"아빠가 그렇게 된 건 언제부터였지?"

지아는 제게 묻는다. 도대체 왜 이 세상에 태어나서 이렇게 힘들게 살아야 하는지 알 수가 없다. 이제 겨우 열한 살인데 말이다. 그런데 오늘은 웬일인지 태어나서 한 번도 본 적 없는 엄마가, 엄마라는 단어가 자꾸 되뇌어지면서 지아의 눈에서 눈물이 주르륵 흘러내린다. 그리고 지아는 아버지가 왜 자기한테 그렇게 무섭게 그러는지 이해할 수가 없다. 언니들에게는 그렇게 친절하고 너그러운 아버지이면서, 왜 유독 자기에게만 그렇게 변해 버렸는지……. 이 생각, 저 생각하던 지아는 아카시아나무 사이로 실바람이 솔솔 불어 들자 깊은 잠에 빠졌다.

꿈을 꾼다. 꿈속에서 지아는 세 살쯤 되어 보였다. 아버지의 어깨 위에서 목마를 타고 하얀 치아를 활짝 드러내고 뭐가 그리도 좋은지 까르르 숨넘어갈 듯 웃고 있는 지아가 보였다. 맛있는 과자를 손에 들고 와서 지아 앞에 내미는 아버지의 웃는 얼굴도 보인다. 꿈속에서 까르르 웃던 지아가 제바람에 놀라 화들짝 잠에서 일어났다. 지아는 눈물이 왈칵 쏟아진다.

"아빠, 아버지……."

잊고 있었던 기억이 불쑥 떠오른다. 초등학교 입학하는 날이었다. 아버지는 지아의 긴 머리를 한 시간여 동안 묶었다가 풀고, 다시 묶고……, 결국엔 가지런히 빗긴 머리에 빨간 리본이 달린 머리띠를 씌워주고는 커다란 손으로 지아의 볼을 쓸며 씨익 웃었다.

"거참, 잘 안되네."

멋쩍은 말을 하며 옷장에서 하얀 종이 가방을 꺼내 지아 손에 들려주었다. 종이 가방 속에는 공단으로 된 하얀 둥근 칼라에 빨간색 니트원피스 앙상블과 빨간 구두가 들어있었다. 공주처럼 예쁘게 차려입은 지아의 손을 잡고 학교로 가면서 아버지는 정말 즐거운 얼굴이었다.

"우와~, 우리 지아 정말 예쁘다!"

수도 없이 보고 또 보고 지아의 모습을 훑으며, 함박웃음을 웃던 아버지 모습이 불현듯 떠올랐다.

'빨간 원피스'

입학하고 한참을 입고 다녔던 원피스. 그런데 그 원피스가 어느 날부터 보이지 않았다. 갑자기 그 빨간 원피스가 어디에 있는지 몹시 궁금해졌다.

'집에 가서 찾아봐야지!'

본부에서 나오자 뜨거운 여름 공기가 숨을 턱턱 막는다. 집으로 향하던 지아는 걸음을 뚝 멈추었다. 아버지와 마주칠 두려움이 갑자기 가슴을 무겁게 짓눌렀기 때문이다. 지아는 다시 본부로 갔다.

'아버지, 그리고 큰언니 지민이.'

지아가 넘지 못할 두 개의 산이었다.

아버지가 지아를 미워하던 그때부터 큰언니인 지민이 역시 싸늘한 냉기를 지아에게 풍겼다.

'그런데 이제는······.'

지아는 한숨을 길게 폭 뱉으며 몸을 잔뜩 웅크린다.

'갑작스레 아버지가 변한 건 무엇 때문이었을까?'

여러 가지 일들을 되새김질해 본다. 하지만 뚜렷하게 기억에 남을만한 일은 생각나지 않았다.

'아버지!'

태어나자마자 엄마를 잃어버린 지아가 늘 측은하고 안타까웠던 아버지. 그래서 지아를 다른 자매들보다 더 많이 사랑하고 아껴주었던 아버지!

지아의 머릿속은 온통 아버지 생각으로 가득했다. 두려움과 그리움. 모질기만 한 아버지에 대한 그리움에 눈물이 핑그르르 돌았다.

'그때부터였어.'

지아는 아버지가 갑자기 변해 버린 어느 순간이 기억 저편에서 스멀스멀 떠오르기 시작했다.

일 학년 6월 말이었다.

지아가 학교에서 받아 온 통지문을 아버지에게 건네고 난 후, 한참 동안 통지문을 들여다보던 아버지의 얼굴이 한순간에 일그러지던 그날이 떠올랐다. 지아가 태어나서 처음으로 보는 아버지의 모습이었다.

아버지는 그날 술을 얼마나 마셨는지 몸도 제대로 가누지 못하며 새벽녘에야 들어왔다. 갈지자로 비틀거리며 대문을 열고 들어오던 아버지의 흐트러진 모습. 난생처음이었다. 그리고 죽은 엄마 이름을 수없이 부르기만 했다. 다음날 아버지의 모습은 보이지 않았다. 그다음 날도, 또 그다음 날도.

한 달쯤 지난 어느 날 새벽이었다.

"콰쾅~!"

아버지는 집을 나가시던 그 밤처럼, 술을 많이 마시고 대문을 있는 힘껏 걷어차며 돌아왔다. 아버지를 보자, 지아는 맨발로 달려 나가, 아버지 팔에 매달렸다. 그 순간, 아버지는 강하고 매몰차게 반가움에 달려드는 지아의 가슴을 굵은 팔로 뿌리쳤다.

"이거, 뭐야! 저리 꺼져. 재수 없는 년!"

아버지로부터 받은 난생처음의 거절과 멸시 섞인 폭언에 지아는 당황했다. 소름이 끼쳤다. 그날부터 아버지는 변했다. 지아가 눈에라도 띄면 다짜고짜 욕을 하면서 거친 손으로 지아에게 매질을 했다. 게다가 매일 술을 마시고 술에 취해 있었다.

생각이 거기까지 미치자 지아는 부르르 몸을 떨며 움츠린다. 푹푹 찌는 삼복더위에 싸한 냉기가 끼쳐 온몸에 한기가 느껴졌다.

'……일 학년 그때부터였어…….

그거, 건강검진 기록표…….

그걸 보면 알 수 있을 거야.'

본부에서 벌떡 일어나 경보를 하듯 잰걸음으로 집으로 향했다. 여름날 긴긴 해가 어느새 서쪽 하늘 끝을 붉게 물들여 놓고 있었다. 지아는 그제야 정신이 번쩍 들었다.

'저녁 식사 시간이잖아!'

지아는 뛰었다. 저녁밥 먹는 시간에 늦으면 아버지에게 또 혼난다. 허겁지겁 집으로 가는 지아는 두려웠다.

'하느님, 혼나지 않게 도와주세요! 제발, 제발요!'

지아는 주문을 외웠다. 그리고 블록공장을 지나서부터는 뛰기 시작했다. 집안으로 막 들어서려고 할 때다.

"지아는?"

언짢은 듯한 아버지 목소리다.

"오늘 온종일 안 보였어요."

"조그마한 년이 어디를 그렇게 쏘다니는 거야?"

튕겨 오르듯 아버지 목소리가 높았다.

"……."

앞으로 말을 않는다.

"…아버지, 지, 지아 좀 그만 때리세요."

둘째 언니 지은이가 아버지 눈치를 흘끔거려 살피며 기어들어가는 목소리로 겨우 말한다.

"……."

의외다. 노란 벼락이 떨어질 줄 알았는데, 화를 낼 줄 알았던 아버지는 아무 말도 하지 않았다. 밖에서 듣고 있던 지아의 등골은 서늘해졌다.

"······아버지, 우리도 아버지 그러시면 무서워요······."

지은이 언니가 기회라는 듯 또다시 말한다.

"지은이 너, 그만 해."

큰언니가 지은이 언니의 말을 가로막는다.

"시끄럽다!"

아버지가 버럭 소리를 지르며 들고 있던 숟가락을 밥상에 내리쳤다.

"누구든지 내 앞에서 지아 이야기를 꺼내면 가만두지 않을 테니까 알아서들 해!"

대문 밖으로 넘어오는 소리에 지아는 제자리에서 꼼짝도 하지 못했다.

"아니 지아야, 왜 거기 서 있니? 어서 들어가서 밥 먹어야지. 밥때 되었는데.

어서 들어가서 밥 먹어라. 어서."

저녁 바람을 쐬려고 나온 앞집 순이 할머니는 제집 대문 앞에 우두커니 서 있는 지아를 보며 재촉했다. 대문 밖에서 들리는 소리를 들은 아버지는 미간을 일그러트리며 지아에게 소리를 질렀다.

"어서 들어오지 못해! 어딜 종일 쏘다니는 거야!"

아버지는 쭈뼛거리며 들어오는 지아를 향해 고함을 지르고 밖으로 휭 나간다.

"도대체 어딜 다니다가 오는 거야?"

큰언니가 못마땅하다는 듯이 톡 쏜다. 게다가 둘째 지은이 언니도 매일 너 때문에 집이 조용할 날이 없다며 지아에게 한마디 쏘아붙였다.

"좀 그만해. 어서, 밥 먹어."

바로 위 셋째 지인이 언니가 숟가락을 쥐여주며 밥이랑 반찬을 지아 쪽으로 밀어준다.

"지아야, 아버지에게 혼나지 않게 좀 해."

지인이 언니가 지아 옆에 바싹 다가앉으며 말한다.

"으응, 미안해."

지인이 언니는 지아에게 아버지가 하지 말라는 일은 하지도 말고, 아예 아버지 앞에 얼씬거리지도 말라며 귓전에 대고 소곤거렸다. 고개를 끄떡이던 지아가 지인이 언니가 고마워 배시시 웃는다.

"웃음이 나오니? 너 때문에 얼마나 무서웠는데."

지인이는 도끼눈을 뜬다. 온종일 굶었던 지아는 밥이 정말 꿀맛 같다. 아버지에게 혼났던 일, 무서웠던 일들을 밥을 먹으면서 모두 잊어 버렸다.

"잘 먹었다."

아무 생각도 없는 것 같은 지아가 정말 걱정되고, 밉다는 생각을 지인이가 일순간 한다.

"다 먹었으면 밥상 치워."

톡 쏘아붙이며 지인이 방을 나갔다. 지아를 한심하게 보는 지인이 언니와 눈이 마주친 지아는 겸연쩍은 표정을 짓는다. 지아는 재빨리 커다란 빨간색 고무장갑을 끼며 혼잣말을 중얼거린다.

"잘 좀 하자 이지아. ……휴유…….."

혼잣말은 하는 지아를 본 지인이는 가슴이 싸하다.

'이제 겨우 열한 살인데.'

지아는 바로 위 언니인 지인이와 네 살 차이가 나고, 첫째 언니와는 일곱 살, 둘째 언니와는 여섯 살 차이가 났다. 여느 아이들 같으면 엄마한테 온종일 떼쓰면서 지낼 나이인데, 아버지 눈치를 보고, 위로 세 명이나 되는 언니들 눈치를 이리저리 살피면서 어떻게 하면 살기 편한지 알아서 해야 한다.

지인이는 그런 지아를 생각하자 지아가 몹시 안쓰러웠다. 혼잣말을 하며 제 손보다 몇 배는 큰 빨간 고무장갑을 끼고 혹여 그릇이라도 놓쳐서 깰까 봐 온 신경을 집중해서 설거지하는 모습이 짠해서 눈물이 찔끔 났다. 언젠가 지아가 한 말이 생각나서 설거지를 뺏지도 못하고 제방으로 들어갔다.

'언니, 나는 아무것도 할 일이 없는 것이 더 힘들어. 밥하고, 설거지하고, 청소하고 이런 일이라도 해야지 아버지한테서 벗어나는 느낌이 들고 덜 혼날 것 같단 말이야. 그러니 설거지는 내게 맡겨줘.'

설거지를 마친 지아는 얼른 손을 닦고, 주위를 두리번거리면서 아버지 방으로 조심조심 들어갔다.

'빨리, 찾아야 해.'

붙박이장 문을 열고 서랍이며, 걸려있는 옷들 사이사이를 들춰본다. 하지만 지아가 찾는 일 학년 건강검진 기록표는 보이지 않았다.

'어디에 있지?'

그때다. 마당에서 아버지가 들어오는 소리가 들렸다. 오늘은 약주도 한 잔 안 하고 들어오시는 모양이었다.

'어떡하지!'

지아의 심장이 쿵 소리를 내며 제멋대로 뛰기 시작한다. 한 번 나가시면 밤늦도록 술을 마시고 들어오는 아버지였는데, 오늘은……

'하느님, 제발 도와주세요!'

지아는 붙박이장 안으로 성큼 기어 올라가 걸려있는 옷들 사이에 숨었다. 두려움에 쿵쾅대는 심장은 터져버릴 것 같았다.

'하느님, 제발 도와주세요.

들키지 않게 도와주세요~! 제발, 제발요~!'

술에 취한 아버지는 윗옷만 대충 벗고 방바닥에 누웠다. 방안은 조용했다. 한참 동안 쪼그려 앉아있던 지아는 발에 쥐가 내리기 시작했다. 지아는 조심스럽게 발을 움찔움찔 움직여 보았으나 소용이 없었다. 아무리 참으려고 해도 열한 살 지아가 참기에는 힘든 고통이었다. 귀를 쫑긋 세워 조심스럽게 붙박이장 문에 귀를 대 보았다. 아무런 소리도 들리지 않았다. 지아는 조심조심 붙박이장 문을 밀었다.

"끼이, 끽."

방에 누워 있던 아버지가 화들짝 놀라 벌떡 일어났다.

"뭐야! 네가 왜 거기 있어!"

아버지의 서슬 시퍼런 고함소리에 오금이 저린 지아는 꼼짝도 할 수 없었다. 언니들이 쫓아 들어오고 아버지는 지아를 번쩍 들어 방바닥으로 내동댕이쳤다.

'숨이 턱턱 막힌다. 죽을지도 모르겠다.'

"아버지, 한 번만 봐주세요."

"뭘, 뭘 봐줘!"

아버지는 후다닥 마당으로 달려 나가 세워진 몽둥이를 찾아 들었다.

"말해봐, 너 뭐 하려고 내 방에 들어왔어?"

아버지는 사정없이 지아에게 몽둥이를 휘둘렀다.

"말해, 어서, 말해!"

아버지는 제정신이 아닌 사람 같았다. 마치 지아를 그 자리에서 죽이려는 것처럼 보였다.

"아버지, 왜 이러세요?"

큰언니가 아버지의 팔을 잡으며 달려든다.

"놔, 너희들 다 비켜!"

아버진 큰언니를 밀쳐 냈다. 뒤로 나가떨어져 폭 꼬꾸라진 큰언니. 하지만 아버지는 아랑곳하지 않고, 소리를 지른다.

"재수 없는 계집애, 이 계집애가 우리 집안을 다 망쳐 놓았어!"

고래고래 소리를 질렀다.

"이런, 도둑년.

이제는 도둑질까지 하려고 내 방에 몰래 들어와."

가만두지 않겠다며 소리를 질렀다.

"……뭐 좀…… 찾으려고……."

생각지 않았던 말이 툭 튀어나왔다.

"아버지가 사 준 빨간 원피스를 찾고 싶었어요."

지아는 아버지의 거친 손에 맞아 이미 얼굴엔 군데군데 시퍼런 멍이 올라오고 있었다. 빨간 원피스라는 말에 아버지는 잠시 주춤했다. 그 옷은 찾아서 뭐 할 거냐며, 네가 왜 찾느냐고 또다시 소리를 버럭 지른다.

"보고 싶었어요. 보면 좋을 것 같았어요……."

지아는 그 원피스를 찾고 싶었다. 입어보고 싶었다. 그럼 아버지가 다시 옛날처럼 저를 좋아해 줄 것만 같았다. 엉망진창이 된 얼굴로 오들오들 떨고 있는 지아를 아버지는 다시 억센 손으로 손찌검을 올려붙이며 모질고 거친 말을 내뱉었다.

"도둑년, 더러운 년, 재수 없는 년, 제 엄마 닮은 꼴도 보기 싫은 년!"

지아에게 어떻게 하면 더 나쁘게 말할 수 있을까를 생각한 사람처럼 마구 퍼부어댔다.

"잘못했어요. 제발 때리지 마세요……."

지아는 무릎을 꿇고 두 손을 모아 싹싹 비비고 있었다.

"지아야, 그만하고 어서 나와!"

웬일인지 큰언니가 소리를 질렀다. 큰언니는 울고 있었다. 한 번도 지아편을 들어 준 적 없는 큰언니가 지아를 일으켜 세우며 아버지를 향해서 말했다.

"지아 잘못이 아니잖아요!

지아는 이제 겨우 열한 살이라고요!"

아버지는 예상하지 못했던 큰언니의 행동에 망부석처럼 그 자리에 서서 벌어진 입을 다물지 못하고 있었다.

"뭐어……."

아버지는 지아를 본다. 지민이 몸에 가린 작고 마른 겁에 질려 있는 아이. 아버지는 지아를 막고 선 지민이 말이 가슴에 고스란히 남아 할 말을 잃었다.

03 건강검진 기록표

큰언니 지민이는 알고 있었다.

아버지가 갑자기 집을 나가셨던 일. 돌아온 아버지가 지아를 몹시 미워하는 이유를 알고 있었다.

아버지가 갑자기 집을 나가셨을 때 지민이는 두렵고 무서워서 견딜 수가 없었다. 집에서 제일 큰언니로서 무엇을 해야 할지 아무것도 생각나는 게 없었다. 오로지 아버지가 빨리 돌아오기만을 기다렸다. 하지만 아버지는 일주일이 지나고, 한 달이 지나도 돌아오지 않았다. 그때, 지민이는 아버지가 말할 수 없이 미웠다. 갑자기 변해 버린 아버지가 무섭고 두려웠지만 그만큼 원망스러웠다. 한창 예민한 이제 겨우 중2인 자신과 어린 동생들을 두고 홀연히 아무런 말도 없이 집을 나간 아버지. 너무나 야속하고 밉고 지민이 저도 집을 나가버리고 싶을 만큼 힘들었다. 그러던 어느 날, 지민이는 아버지 방을 뒤지기 시작했다. 아버지가 무엇 때문에 자신들을 버리고 나가버렸는지 그 이유만이라도 알고 싶었고, 어디서든 찾아내야만 했다.

'돌아오세요. 제발, 아버지!'

한참 동안 아버지 방 구석구석을 뒤지던 지민이 눈에 장롱 서
랍 깊숙이 구깃구깃 구겨지고 얼룩진 종이 한 장이 보였다. 종이
는 눈물 자국처럼 보이는 누런 얼룩이 군데군데 찍혀있었다.

'건강검진 기록표'

'1학년 1반 27번 이지아. 혈액형: (ABO식) A형, (RH식) +형 / 요
당: 정상……'

지민이는 손끝이 떨렸다. 심장이 쿵 하고 떨어졌다.

"어, 지아의 혈액형이 A형?"

'아버지 B형 엄마 O형.'

지민이는 순간 머릿속이 하얗게 변하는 것 같았다. 머리가 어
지러웠다. 어째서 아버지와 어머니 사이에서 나올 수 없는 혈액
형 A형이……나왔을까?

"어, 엄마……가, 서, 설마……."

믿고 싶지 않았다.

"아버지……."

갑자기 집을 나가버린 아버지. 아버지 마음은 이해하지만, 집
을 나간 아버지는 미웠다.

'아버지는 너무나 큰마음의 상처를 입었던 거야. 도저히 견딜
수가 없었던 거야.'

엄마가 있었다면 물어보기라도 하고, 따져 보기라도 했겠지만, 지아만 남겨 놓고, 엄마는 가버렸다. 다시는 돌아오지 못할 곳으로 영원히 떠나 버렸다. 지민인 눈물이 쏟아졌다. 그리고 가슴이 터질 것 같은 이 무서운 사실을 어떻게 해야 할지 생각해야 했다. 게다가 지아를 보며 엄마의 배신을 감당해 내는 일은 열다섯 살 지민이 감당하기에는 어려운 일이었다.

'하지만 이 사실을 동생들이 알면 안 돼. 몰라야 해. 8년을 함께 살아온 동생인데, 지은이와 지인이를 위해서도 아무도 몰라야 해. 지아도…….'

지민이는 자기 자신에게 묻고 대답하면서 이상하리만치 마음이 냉정하게 가라앉았다. 게다가 무덤덤하기까지 했다.

아버지가 집을 나가신지 거의 3개월이 넘은 어느 날 새벽이었다. 술에 잔뜩 취한 모습으로 아버지가 돌아왔다. 그렇게 돌아온 아버지는 무서운 사람으로 변해있었다. 이전의 따뜻함은 사라진 아버지. 마치, 네 자매에게 커다란 마음의 상처를 만들어 주려고 온 사람 같았다. 지민이가 지아를 미워할 여운을 아버지는 남기지 않았다. 그때부터 하루도 거르지 않고, 몽둥이로 얻어맞는 지아. 그런 지아를 보면서 아버지를 말리지 않고, 묵묵히 바라보다가 고개를 돌리는 지민이. 동생들은 아버지가 두려워서 도망치듯, 제방에 들어가서 숨었다. 하지만 지민인 그런 지아의 모습이 당연한 댓가를 치른다는 생각이 더욱 컸고, 지아가 점점 미워졌다. 그래서 아버지를 말리지도, 아무 말도 하지 않았다.

그날도 그랬다. 아버지가 또 한바탕의 광풍을 일으킨 날이었다. 그날 밤은 부슬부슬 비까지 내리는 축축하고 을씨년스런 밤이었다.

"으, 으으!"

아버지에게 흠씬 얻어맞고, 돌아누우면서 끄응 앓는 지아의 목소리가 들렸다. 애써 외면하던 지민이 눈에 자신도 모르게 돌아누워 앓고 있는 지아가 보였다. 작은 몸이다. 울긋불긋한 붉은 자국이 몸 여기저기에 찍혀있는 작고 깡마른 지아가 얕은 신음소리를 뱉으며 앓아누워있었다.

"아……."

지민인 자기도 모르게 탄식이 새어 나왔다. 하염없는 눈물이 쏟아졌다. 얼마를 그렇게 울었는지 모르겠다. 지아의 몸에 조심스럽게 손을 갖다 대보던 지민이 눈이 화등잔만큼 커졌다. 뜨거웠다. 지아의 몸은 펄펄 끓고 있었다. 그런데도 아프다는 말 한마디 하지 못하고 제 혼자 앓고 있는 조그마한 아이 지아. 지민이는 그제야 깨달았다. 아직 아무것도 모르는 어리기만 한 지아를 너무나 가혹하게 몰아붙였다는 죄책감에 뜨거운 눈물이 쏟아졌다.

'미안하다, 지아야. 언니가 정말 미안해. 네 잘못이 아닌데…….

어쩌면 엄마에게 말 못 할 어떤 일이 있었는지도 모르는

데……'

지민이 기억 속에 엄마는 언제나 가족밖에 없는 사람이었다. 자신을 돌보기보다는 자매들을 더 챙겼고, 늘 아버지만 바라보고 사는 순종적인 여자였다. 엄마가 있을 땐 웃음소리가 끊이지 않는 행복한 집이었다.

'아마, 무슨 이유가 있었을 거야.'

그날 밤, 지민이는 밤새 한숨도 자지 못했다. 끙끙 앓는 지아를 밤새워 간호했다. 그리고 다짐했다.

'엄마, 이제부터는 지아를 잘 돌볼게요.'

04
대신 사과 할게요

멍하게 서 있는 아버지. 집안은 아수라장이 되었다. 여기저기 그릇이며 세수대야며 세간들이 나뒹굴고 있었다. 아버지 몸은 한순간 휘청거리는 듯 일렁였다. 그리고 대문을 열고 나갔다. 아버지가 나가자, 지민이는 천천히 지아를 일으켜 세웠다.

"지아야, 일어나."

지민인 지아를 꼭 안아 주었다. 지아는 너무 작았다.

"지아야, 미안해! 언니가 미안해……."

네 자매는 서로를 끌어안고 그동안 참았던 두렵고 서러운 마음을 모두 눈물로 쏟아냈다. 밤이 깊도록 네 자매의 눈물은 멈추지 않았다. 비까지 주룩주룩 내리기 시작했다. 눈물이 뒤범벅된, 퉁퉁 부은 빨간 눈에 빨간 코, 네 자매는 서로를 바라보며 실실, 실없는 웃음이 나왔다. 그러다 깔깔 웃었다. 그런데 아버지는 새벽녘이 다 되어가는데도 아직 안 들어오신다. 지민이는 밖에서 들리는 소리에 온 신경을 모으고 이제나저제나 아버지가 돌아오시기만을 기다리며 밤을 하얗게 새웠다. 작년처럼 아버지가 또 안 들어오실 것만 같아서 겁이 났다. 아버지 안 계신 집, 정말 힘들고 엉망이었다. 푸르스름한 새벽빛이 창문 틈으로 들어왔다. 아버지는 아직도 돌아오시지 않았다. 지민이는 동생들을 깨워, 구석구석 대청소를 시작했다. 아버지의 기분을 조금이나마 개운하게 해드리고 싶은 마음에서다. 동생들이 청소하는 동안 지민이는 부엌으로 가서 애호박 납작 썰고, 두부 깍두기로 썰고, 청양고추 어슷썰기하고 쪽파 3cm 썰어서 된장찌개에 모두 넣고 아버지 좋아하는 된장찌개를 보글보글 끓였다.

"언니, 나가서 아버지 찾아볼까?"

지아는 자기 때문에 아버지도 안 들어오시고, 큰언니는 한숨도 자지 못하고 집안 분위기가 엉망이 된 것 같아서 마음이 안절부절못했다.

"그냥 있어."

큰언니는 고개를 가로저으며 그냥 아버지를 기다리자고 했다. 그런데 지민이 언니는 대문을 자꾸만 흘끔거렸다.

어느새 해가 중천에 떠올라 뜨거운 여름 열기를 온 집안으로 훅훅 불어 넣고 있을 때였다.

"철커덕."

대문이 요란한 소리를 지르고, 아버지가 마당으로 성큼 들어섰다.

'아버지!'

기다리던 아버지가 눈앞에 서 있는데, 지아는 그 순간 숨이 막힌다. 반가움보다는 두려운 공포가 갑자기 깊숙이 몰려들었다. 엉거주춤 제 자리에서 멈칫거리던 지아는 아버지와 눈이 마주쳤다. 덥수룩하게 올라온 거뭇한 수염과 붉은 눈자위. 표정 없는 아버지의 얼굴이었다.

"아, 아버지 안녕히 다녀오셨습니까?"

지아는 얼떨결에 고개를 푹 떨어트리며 기어들어 갈 듯 다시 튕겨 나오는 듯한 애매모호한 목소리로 인사를 했다. 아버지는 지아를 외면하고 방으로 훅 들어가 버렸다. 지민이 언니는 된장찌개를 다시 불 위에 올려 한소끔 끓인다. 아침상이 차려졌다. 아버지는 술을 많이 드신 것 같지는 않았다. 그런데 밤새 한숨도 못 주무신 얼굴이다. 밥상 위에서 아직도 제 열기에 보글거리는 된장찌개에 숟가락을 가져갔다.

"맛있게 잘 끓였네."

네 자매는 조심조심 누가 먼저랄 것도 없이 제 숨을 뱉었다. 지민이 언니 얼굴에서 희미한 미소가 떠올랐다 이내 가라앉는다.

"어서, 먹자."

무뚝뚝하지만 아버지의 목소리에 차가운 바람은 없었다. 하지만 지아는 두려움이 목덜미를 감아채고 있어서 제대로 고개를 들수가 없었다.

"지아야, 고개 들고 어서 밥 먹어."

지은이 언니가 지아를 꾹 찌르며 말했다.

"응"

잔뜩 주눅 든 지아는 고개를 들다가 아버지와 눈이 또 마주쳤다. 아버지는 고개를 돌려 지아를 외면하며 말했다.

"어서 밥 먹어라."

아주 오랜만에 들어보는 아버지의 따뜻한 목소리였다. 고개를 숙이고 밥을 한 숟갈 입에 넣던 지아는 그 목소리가 자꾸 목구멍으로 넘어가는 바람에 목이 메서 제대로 밥을 먹을 수가 없었다.

"꼭꼭 씹어서 천천히 먹어라."

아버지는 지아 옆에 물컵을 올려 놓아준다.

"밥 먹고, 지민이 아버지 좀 보자."

"네, 아버지."

지아는 생전 처음으로 밥을 먹은 것 같았다. 정말, 오랜만에 밥알을 혓바닥으로 굴려 가며 먹었다.

"아버지 커피 한 잔 탈까요?"

"그래."

큰언니는 작은 주전자에 물을 받아서 가스렌지 위에 올린다. 그리고 상부 수납장에서 엄마가 아끼던 장미가 그려진 커피잔을 꺼내 작은 쟁반 위에 올려놓았다. 가스렌지 위에 주전자는 실타래 같은 하얀 김을 훅훅 뱉어내고 있었다.

"…지민, 너 혹시…….”

아버지는 지민이에게 어렵게 말을 꺼내고 있었다.

“……알고, 있니……?"

지민이는 침을 꼴깍 삼키며 고개를 끄덕이며 대답했다.

“알아요. 저도…….”

아버지의 마음을 안다. 아버지가 묻는 말이 무엇인지 이미 알고 있었다.

“우연히……, 저 알고 있었어요.”

“그랬구나.

부끄럽고 미안하다 지민아. 어제야……. 네가……알고 있구나……, 했다.”

아버지는 뜨거운 김이 올라오는 커피잔을 만지작거리며 길게 한숨을 뱉는다. 그리고 지민이의 얼굴을 한참을 응시하더니, 말을 이었다.

“…다른 아이들은……?"

“아직, 아무도 몰라요.”

지민인 목소리는 낮았지만, 또랑또랑하고 명료했다.

“넌, 어떻게 안 거니?

알고도 아무렇지도 않았니?

아니다, 아니야. ……그걸, 혼자 어떻게 견뎠을까……?"

아버진 고개를 떨어트리고 혼자 말을 하듯이 지민이에게 말을 쏟아내고 있었다. 미간을 잔뜩 찌푸린 아버지는 간헐적인 한숨을 뱉으며 몹시 괴로운 표정을 지으셨다. 아마, 엄마에 대한 배신감이 새삼 몸서리를 치게 만들고 있는 것 같았다. 지민이 불안한 분위기를 바꾸고 싶은데 쉽게 생각이 떠오르지 않았다.

"…아버지 서랍 속에 있던……, 건강검진 기록표……."

"그걸 봤구나. 그걸……, 그건 어떻게 했니?"

"태워버렸어요."

"뭐라고! 왜 네 맘대로……, 아니다. 잘했다……."

"동생들이 알까 봐 무서웠어요.

엄마를 믿어요. 저는 우리 엄마를 믿어요. 엄마에게 무슨 말 못 할 사정이 있었을 거예요. 우리 엄마는 그럴 사람이 아니에요!"

울음을 머금은 지민이 목소리는 낮았지만, 정확했고 확신에 차 있었다. 그런 지민이 대답을 들은 아버지는 여러 차례 고개를 끄떡였다.

"미안하다 지민아, 너만도 못한 아버지였구나.

어른이면서 네게……, 짐을 지우고, 우리 지민이가 대견하구나.

그런 엄청난 사실을 알고도 동생들에게도 아버지에게도 내색도 한 번 않고…….

모두 끌어안고 이 못난 아버지를 지켜주고 있었다니……, 면목이 없구나."

"……, 동생들마저 힘들어지면……. 흐아아앙~."

지민이 참았던 울음을 토해내며 꺼억꺼억 운다.

"저도 얼마나 무서웠는지 몰라요. 더구나 아버지가 지아를 무섭게 할 때면 저는 너무 무섭고 지아가 밉고……, 흐흑."

아버지는 지민이 등을 쓰다듬었다.

"미안하다 지민아. 정말, 미안해."

지민이의 어른스러움과 의연한 처신에 놀라며, 미안하다고 아버지로서 잘못했다고 수없이 되뇌었다.

"지민이 어린 네 생각보다도 아버지 생각이 짧았구나."

아버지는 남은 커피를 마저 마시고, 헛기침을 한 번 하시더니 말을 이었다.

"지민아, 아버지가 말이야, 지민이 네게는 미안하지만 얼마 동안 집을 비우고 서울 좀 다녀와야 할 것 같은데……, 혼자 동생들 좀 챙기면서 지냈으면 한다.

물론, 앞집 순이 할머니한테 자주 들러봐달라고 부탁하고 갈 테니, 지민이 네가 힘들더라도 잠시만 동생들 좀 챙기고 집안을 지켜주었으면 한다."

올 것이 온 것 같은 느낌이 들었다. 지민이는 가슴이 쿵쿵하고 소리를 질렀다. 아버지가 안 계신 집에서 동생들까지 챙기면서 학교 다니고 생활하기는 너무 힘들다.

"아, 아버지……."

안된다는 소리가 목구멍을 넘어오지 못했다. 아버지 눈을 바라보는 지민이 끝내 안된다는 말을 입 밖으로 꺼내지 못했다.

"그래, 안다. 알아…….

지민이 힘들다는 거. 하지만 아버지가 시간을 좀 갖고 싶구나.

새로운 직장도 알아볼 겸…….

그리 오래 걸리지는 않을 거야. 부탁한다, 지민아."

"……언제, 언제 오실 건데요?"

볼멘 지민이 목소리엔 걱정과 원망이 배어 있다.

"지민아, 미안하다. 아직은 너도 어린데."

"아버지, 겨울이 되기 전엔 오실 거죠?"

지민이 염려와 부탁이 담긴 목소리로 아버지를 올려다본다. 아버지는 그러겠다며 고개를 두어 번 끄떡이셨다.

"지민아, 이제 나가서 지아 좀 들여보내 줄래."

뭔가 결정을 내리신 것 같았다. 지민이 조심스럽게 말했다.

"아버지, 지아에게 더 이상 상처를 주지 마세요."

아버지는 알고 있다며, 지민이 네가 있어서 정말 든든하다고 몇 번이나 말했다.

잠시 후, 겁을 잔뜩 먹은 얼굴로 지아가 아버지 방에 들어왔다. 그런 지아의 모습에 아버지는 가슴이 아렸다. 하지만, 그도 잠시 불쾌한 생각이 또다시 불쑥 올라와서 고개를 몇 번이나 가로 젓는다. 그런 아버지의 모습을 지아는 두려운 눈으로 바라보고 있었다.

"지아야. 이리 와 봐라. 그동안 아버지가 너무 했지."

아버지는 열한 살 앙상한 지아의 손을 잡았다. 너무나 가녀린 손이 손안으로 쑥 들어왔다.

'내가, 그동안 미쳤구나. 이 어린 것을……'

지아는 어떻게 말을 해야 할지, 몸을 어떻게 가누고 있어야 할지, 머리가 멍해졌다. 눈만 동그랗게 뜨고 우두커니 있는 지아를 아버지는 측은한 눈빛으로 바라보았다. 하지만 아버지와 눈이 마주친 지아의 눈동자는 심하게 흔들렸다. 그동안 아버지에 대한 두려움이 너무 컸던 지아였다. 아버지의 얼굴을 아버지의 눈을 똑바로 바라볼 수가 없다. 아버지는 그런 지아를 물끄러미 바라보더니, 장롱문을 열었다. 구석에 깊숙이에 있던 까만 가죽가방을 꺼내서 내려놓으신다. 가방엔 작은 자물쇠가 채워져 있었다. 아버지는 상자에서 열쇠를 찾아 가방을 연다. 수첩도 보이고, 사진 뭉치도 보였다. 아버지는 가방 속을 뒤적였다. 엄마 사진이 보인다.

'엄마다, 엄마!'

지아는 엄마 사진을 보자 울컥해진다. 한 번도 직접 본 적이 없는 엄마였다. 하지만 사진은 언제나 지아 차지였다. 그런 사진이 갑자기 사라졌었다. 그 엄마 사진이 아버지의 가방 안에, 지금 그 가방 안에 있었다. 아버지는 엄마 사진을 옆으로 밀친다.

"아, 엄마~!"

지아는 저도 모르게 말이 입 밖으로 새어 나왔다. 힐끔 지아를 건네다 본 아버지는 사진을 집어 지아에게 준다. 사진 속 엄마는 여전히 웃고 있다. 다정하고 부드러운 눈빛에 까무잡잡하고 윤기 있는 피부에 꽃분홍색 립스틱이 곱게 발라진 엄마 사진이었다. 손이 떨렸다. 아버지는 가방 안에서 엄마가 쓰던 가계부랑 메모장 같은 오래 되어 낡은 노트들과 반지며 목걸이 보석들을 몽땅 바닥에 꺼내 놓았다. 그리고 가방 가장 아래쪽에서 하얀 종이 가방을 꺼냈다.

'아, 저 가방……'

낯이 익다. 입학식 하던 날, 지아에게 주었던 빨간 원피스가 들었던 그 종이 가방이었다.

'빨간 원피스!'

지아는 마른침을 꼴깍 삼켰다. 아버지와 단둘이 있는 조용한 방에서 지아의 침 삼키는 소리는 유난히 크게 들렸다.

"네가 찾던 게 이게 맞는 거냐?"

아버지는 지아에게 하얀 종이 가방을 내밀었다. 턱밑까지 쿵쿵거리는 심장 소리로 가슴은 터져버릴 것만 같았다. 받아 든 손이 떨린다. 힐끔 아버지의 눈치를 살핀다.

"펼쳐봐."

옛날에 그랬던 것처럼 조용하고 따뜻한 아버지로 목소리였다.

손에서 땀도 한 줌 배어 나왔다.

"그래도, 돼요……?"

가슴이 쿵쿵 방망이질했다. 지아는 제 무르팍에 손을 쓱쓱 몇 번 문지르고 종이 가방을 끌어당긴다. 갑자기 아버지의 불호령이 뒤통수에 떨어질 것 같다. 아버지를 다시 한번 힐끗 올려다본다. 아버지는 무덤덤한 표정으로 지켜보고 있었다.

'내 옷, 내 원피스!'

정말 오랜만에 보는 빨간 원피스가 지아의 눈에 들어왔다. 눈물이 후드득 떨어져 빨간 원피스에 검은 점으로 툭툭 박힌다. 참으려고 했지만 참아지지 않았다. 갑자기 몰려든 서러운 마음을 억누를 수가 없었다. 어깨까지 들썩이며 울음을 쏟아내고 있는 열한 살 지아.

"그래, 지아야……, 넌 내 딸이었다.

미안, 미안하다. 옹졸한 아버지를 용서해다오."

아버지는 지아를 꼭 안아주었다. 부서질 것 같은 작은 아이였다. 아버지의 눈에서 뜨거운 눈물이 흘러내린다. 지아와 아버지는 눈물범벅이 된 상태로 한참 동안을 말없이 있었다.

"지아야, 아빠가 그동안 너무나 몹쓸 짓을 저질렀구나.

정말 미안하고 미안하다, 지아야. 아빠를 용서해다오."

지아는 고개를 세차게 흔들었다. 아버지의 품은 여전히 너무나 따뜻했다.

아버지는 지아를 꼭 껴안고, 생각한다.

'마음이라는 것이 이렇게도 평화로워질 수 있는 거였구나.'

열한 살 지아는 아버지의 넓은 품에서 무서움도 두려움도 잊어버렸다. 아버지는 바닥에 있던 몇 권의 노트들과 엄마의 유품들을 모두 챙겨 들고 마당으로 나가신다. 그리고 커다란 양은 세숫대야에 그 모든 것을 넣고 라이터 불을 갖다 댄다.

"안 돼요. 아버지~!"

큰언니 지민이가 아버지 팔을 잡았다.

"지민아, 이제 엄마를 보내 주자. 이제, 그만……."

"하지만, 아버지. 이건 우리 자매가 알아서 할게요.

우리는 아직 엄마가 필요해요. 엄마의 유품마저 없다면 우리는……."

네 자매는 아버지의 팔에 매달리며 사정했다. 엄마의 모든 것을 눈앞에서 치워버려야 한다며 완강하게 버티시던 아버지가 멈추었다. 금방이라도 엄마 유품들이 들어있는 세숫대야에 라이터를 집어 던질 것 같았던 아버지가 라이터를 바닥에 내동댕이치며 소릴 질렀다.

"김·진·숙, 당신 김·진·숙……,

애들 하나는 잘 키웠구나. 잘 가라 김·진·숙!"

반쯤 잠긴 듯 꺽꺽한 목소리로 아버지가 말했다.

"밥 먹으러 나가자."

식사를 어느 정도 마칠 때였다. 아버지는 네 자매를 둘러보면서 서울에 좀 갔다가 올 거라는 말을 했다.

"……왜요?"

"아버지 언제 오실 건데요?"

"겨울이 되기 전에는 올 거야."

담담한 아버지의 표정엔 가고 싶지 않은 사람처럼 느껴졌다.

"아버지 꼭 가셔야 해요……?"

큰언니가 아버지를 붙잡아 본다.

"됐다. 그만하자."

꽉 다문 아버지의 입술이 오늘따라 무척이나 무섭게 보였다. 아버지는 네 자매의 만류를 뿌리쳤다.

"너무 염려 말고 모두 큰언니 말 잘 듣고, 서로 도와가면서 잘 지내고 있어."

모처럼의 외식은 무척이나 쓸쓸한 송별식이 되어버렸다. 아무도 더는 말하지 않았다. 아버지도 묵묵히 남은 식사만 했고, 네 자매도 아버지처럼 말없이 남은 음식들을 먹었다.

집으로 돌아온 아버지는 지민이를 불렀다.

"카드와 통장 그리고 도장이다. 잘 간수하고 동생들 잘 챙기고."

아버지는 생활비가 든 통장을 건네주며 지민에게 신신당부했다.

"그 사이, 통장으로 생활비는 넣어줄 테니,

동생들하고 넉넉하지는 않겠지만 아주 부족하지도 않을 거다."

지민이는 아버지를 붙잡고 싶었다. 하지만 부질없는 일이라는 것을 너무나 잘 알기에 애써 마음을 꾹 눌러 참았다.

05
민호와의 만남

밤새 비가 내렸다. 지붕을 때리고 마당으로 후드득 떨어지는 빗소리가 어찌나 쓸쓸하고 처량하게 들리던지 네 자매는 잠이 오지 않았다.

"언니, 아버지 안 갔으면 좋겠어."

지아가 말했다.

"나도."

"정말, 나도."

그렇게 뒤척이던 네 자매는 새벽녘이 다 되어서야 겨우 잠이 들었다.

아버지도 마찬가지였다. 갑작스럽게 결정을 내렸고, 네 자매에게 말해 놓았지만, 마땅히 갈 곳을 정하지는 못했다.

여명이 짙은 어둠을 창문에서 걷어내고 있었다. 아버지는 장롱문을 열고 캐리어를 꺼내 주섬주섬 짐을 챙긴다. 당장 입을 옷 몇 벌이며 소소한 소지품들을 꺼내 챙겼다. 그리고 깊숙이 넣어

둔 통장 하나를 꺼내 펼쳐 든다.

"지아 엄마 목숨값……."

아버지는 한참 동안 통장을 들여다보더니, 통장을 접어 바닥에 내려놓으며 깊은 한숨을 뱉는다. 지아 엄마가 남기고 간 꽤 큰 금액이 들어있는 통장이었다. 가슴에 써늘한 바람이 불었다.

지아를 낳고 변을 당한 그날. 곁에서 지켜주지도 못했던 그날. 혼자 무섭고 두려움에 휩싸여 그 순간을 견뎌냈을 아내 진숙이 떠올랐다.

병원에서 본 까맣게 그을린 아내 진숙의 얼굴. 아버지는 좀처럼 잊히지 않던 그날이 새삼 악몽처럼 떠올랐다. 그렇게 태어난 지아에게 저질렀던 무자비한 시간들이 파노라마처럼 함께 떠올랐다.

"미안하다. 미안해……."

그때 나온 보상금이다. 나중에 지아에게 필요한 때에 사용해야겠다는 생각을 아버지는 했다. 아버지는 통장을 도로 장롱 깊숙이 제자리에 넣어 두고 문을 닫는다.

아침이 밝았다. 아버지는 네 자매를 불러서 마지막으로 잘 지내고 있으라는 당부를 하고 주룩주룩 내리는 비를 우산으로 받으며 대문을 나섰다.

아버지의 뒷모습을 보고 섰던 네 자매는 저희도 모르는 눈물이 볼을 타고 가슴 깊은 곳까지 물길을 만들어 심장을 쿵쿵 흔들어댔지만 아무도 제 마음을 내비치지 않았다. 그저 아버지의 뒷모습을 눈물에 가려진 눈으로 물끄러미 바라보고 서 있었다.

"아버지이~! 빨리 와야 해요~!"

지아가 입 나팔을 만들어 소리를 지른다.

뜻밖에 지아의 목소리가 들리자, 아버지는 순간 발걸음이 떼지지 않았다. 그 자리에 못 박힌 듯 멈췄다. 숨이 턱 막혔다. 하마터면 돌아가 지아를 꼭 껴안아 어깨 위로 들어 올릴 뻔했다.

'아니지, 아니야, 이대로 가야 해.'

우산을 더욱 깊숙이 내려쓰고, 들고 있던 가방을 더 세게 감아쥐고 좀 더 빨라진 걸음으로 총총히 걷기 시작했다.

아버지는 뒤돌아보지 않았다.

아버지가 서울로 가신 지 꽤 여러 날이 지났다. 그 사이 아버지는 지난번과는 달리 몇 번의 전화로 소식을 알려주었다. 이제 네 자매도 아버지의 빈자리에 익숙해지기 시작했으며 일상에 시간은 빠르게 흘렀다.

깊어지는 여름, 지아는 매일 철길 옆 본부로 갔다. 아버지가 계실 때보다도 지아는 더 많은 시간을 제가 만든 본부에서 보내고 있었다.

아카시아 나뭇가지를 아치형으로 휘감은 입구 아래 지아는 벽돌 한 장을 세워놓아 팻말을 만들었다.

'바람의 집'

땀이 비 오듯이 쏟아지는 날에도 바람의 집에 들어가 누우면 바닥에 깔아 놓은 블록 덕분에 이내 시원한 냉기를 느낀다. 그뿐만이 아니다. 얼기설기 엮어 놓은 아카시아 나무 지붕에서 뿜어져 나오는 나무 향이며, 아직 남아있는 아카시아 꽃향기는 어지러운 마음과 지친 몸을 어느새 무장해제 시켜주고 숭숭 뚫린 하늘구멍으로 뭉게구름이 파란 하늘을 자유로이 유영하는 모습은 지아를 몽상가로 만들기 일쑤였다.

사각사각.

'8월 4일 토요일 날씨 통구이가 되어도 이상하지 않을 만큼 덥다.

비밀의 집에 왔다.
내가 만든 본부 이름이다.
아카시아나무 지붕에
아카시아나무 벽으로 만들어진 내가 만든 나의 본부.
곳곳에 난 구멍으로,
온 세상을 떠돌다.
잘게 쪼개진 바람이 들어와 쉬어 가는 나의 본부.
그래서 이름을 바랑의 집이라고 지었다.
나는 내 본부가 이 세상에서 제일 좋다.

가만히 누워 있으면 잠이 쏟아진다.

밤에는 있어 보지 못해서 잘은 모르겠지만,

아마 수 많은 별과 은하수가 쏟아져 내렸을지도 모르겠다.

어쩌면 어린 왕자 별이 찾아왔을지도 모르겠다.

하지만 낮에는 정말 멋지다!

따란 하늘에 떠다니는 구름들도 보이고,

가끔 새들이 아카시아나무 지붕으로 포르르 날아와 놀다 가는 날에
는 정말 환상적이다.

그뿐만이 아니다.

얼마 전에는 뱁새 둥지를 보았다.

머지않아 새끼가 부화할 테지.

그래서 뱁새가 놀라지 않게 조심조심 다녀야 한다.

아직도 방학은 열흘이나 남았다.

틈틈이 공부하고 언니들 도우면서 착하고 씩씩한 지아가 될 거다.

그리고 참 멋진 어른이 꼭 될 거다.

오늘은 여기까지 —이상 끝—'

그러던 어느 날이었다. 그날도 지아는 나의 라임 오렌지 나무
와 일기장을 챙겨 들고 후다닥 아침만 먹고 제 본부 바람의 집으
로 뜀박질하며 내달려가 철푸덕 바닥에 누워 하늘을 올려다보고

있었다.

"부스럭, 부스럭"

부스럭거리는 소리가 몇 차례 들렸다. 지아 외에는 아무도 모르는 바람의 집인데.

"뭐지?"

듬성듬성 엮어진 아카시아나무 사이에 얼굴을 바짝 갖다 대보지만, 소리의 정체를 파악할 수는 없었다. 겁 많은 열한 살 지아는 등골이 오싹했고 뒷 목덜미도 쭈뼛해졌다. 잠시 후, 커다란 개한 마리가 성큼 안으로 들어오려다가 지아와 눈이 마주치자, 놀란 눈으로 엉거주춤 뒷걸음질을 치더니, 턱 버티고 선다. 저도 당황한 빛이 역력했다.

"멍~, 멍!"

"야, 짖지 마."

흰색 털에 짙은 고동색과 갈색 털이 드문드문 섞인 세인트버나드 종의 커다란 개가 호기심 가득한 눈으로 반들반들 윤기가흐르는 까만 코를 킁킁거리며 바람의 집 공기 조각들을 빨아들여냄새를 맡고 있었다. 놀란 마음이 조금은 진정이 되었다.

"너, 어디서 왔니? 우리 동네 개는 아닌데"

눈을 끔뻑이며 빤히 보고 있는 천연덕스러운 개를 보고 말을건네본다.

"해~리, 해~리~!"

"멍~, 멍멍~!"

"해리, 짖지 마. 어서 저리 가.

주인한테 가. 다른 사람이 알면 안 된다고!"

지아는 손가락을 연신 입술에 대고 빨리 가라며 손사래를 쳤지만, 해리는 좀처럼 움직이려 하지 않았다. 오히려 무슨 재미난 장난 거리가 생겼다는 듯, 펄쩍펄쩍 뛰며 컹컹 짖기 시작했다.

"망했다. 어휴, 바보 같은 놈."

지아는 혼자 투덜댔다. 이미 소용없는 일이 되어 버렸다. 그런 중에도 개는 지아의 낭패스러운 마음은 아랑곳하지 않고 제 주인을 부르는 모양인지, 여전히 커다란 소리로 컹컹 짖는다.

사내아이가 철길 언덕배기로 숨을 몰아쉬며 달려오는 모습이 보였다.

"해리, 해리!"

숨을 헉헉 몰아쉬며 숨이 차 죽겠다는 듯이 제 무릎에 손을 짚고 허리를 푹 숙이며 헐떡거렸다. 가까이에서 보니, 지아 또래 아이인 것 같은데 처음 보는 얼굴이다.

"해리!"

한참 숨을 몰아쉬던 남자아이는 그제야 진정이 되었는지, 그 커다란 개를 끌어안으며 활짝 웃는다. 가지런한 앞니가 유난히 하얀 아이였다.

"어~, 누군데 여기서 뭐 해?"

지아에게 서슴없이 말을 건네며 사내아이는 지아를 보며 고개를 갸우뚱거리며 바람의 집을 흘깃거리며 살폈다.

"빨리, 그 개 데리고 여기서 나가!"

사내아이의 거침없는 태도도 못마땅하고 지아의 본부를 다른 아이가 안다는 사실 자체가 못마땅한 지아는 어서 그 둘을 쫓아내고 싶었다. 하지만 낯선 사내아이는 돌아갈 기미를 보이지 않고 자꾸만 본부 안을 기웃거렸다. 그리고 지아를 빤히 쳐다본다.

"여기가 네 집이니? 여기서 살아? 학교는 다니니?"

갈 곳 없는 아이가 사는 것 같아서일까? 한참을 흘끔거리더니 지아를 빤히 쳐다보며 내뱉는 일성이 가관이다. 지아는 대답 대신 그 아이의 얼굴을 째려보며 턱 짓을 했다.

"여기서 빨리 나가!"

남자아이는 손가락을 머리 옆에 대고 빙빙 돌린다. 머리가 이상해진 아이라고 생각하는 것 같았다.

"뭐어! 이 나쁜 새끼가!"

"멍멍~!"

커다란 개는 제 주인을 지아가 어떻게 할 거라고 느낀 건지 지아를 향해 컹컹 짖기 시작했다. 이러다가 누군가에게 본부를 들킬 것만 같아서 지아 마음은 여간 불안하지 않았다.

"야, 빨리 그 큰 개 데리고 가, 가란 말이야!"

"아, 미안. 정말 미안해. 나는 나쁜 뜻으로 말한 게 아니라, 걱정돼서.”

“그만, 말하고 빨리 가버려. 빨리 여기서 나가라고.”

곧장 울음이라도 터트릴 것 같은 지아 표정에 남자아이는 어쩔 줄 몰라 하며 자꾸만 여러 말을 했다.

“말 좀 그만하고 가. 사람들이 여기 알면 안 돼! 여긴 내 본부란 말이야!”

“본부?”

남자아이는 본부라는 말에 반색하며 눈을 동그랗게 뜨고 바람의 집을 다시 휘둘러 본다.

“그러고 보니, 본부 같다. 진짜, 진짜로!”

멋지다며, 연신 입을 헤벌리고 돌아갈 생각을 안 한다.

“나도 이런 본부 갖고 싶었는데…….

내 이름은 박민호야. 어제 엄마랑 같이 이모 댁에 잠시 다니러 왔는데, 나도 여기서 같이 놀면 안 될까? 서울 가기 전까지만 말이야. 으응, 부탁이야.

여기서 같이 놀자!”

지아는 너스레를 떠는 불청객들 때문에 마음이 편치 않아 죽겠는데. 남자아이의 말은 어처구니가 없고 황당하기만 했다. 갑자기 나타나서 함께 놀자니 어디 말이 되는 소린가? 말도 하기 싫을 정도로 기분이 상했다. 어이가 없어서 말을 않고 있는 지아를 밀치며 박민호라는 아이는 신발을 벗고 바람의 집 안으로 성큼 들어왔다.

"와~, 이거 네가 혼자 다 만든 거야?"

"당장 나가~!"

지아는 화가 났다. 뭐 이런 아이가 다 있는지 기가 막혀서 말도 제대로 나오지 않았다.

"재수 없어. 빨리 나가!"

지아는 벗어 놓은 민호 신발을 집어 들고 철길 덤불 속으로 힘껏 던져버렸다.

"어, 내, 내 신발~!"

그제야, 남자아이는 벌떡 일어서서 덤불을 향해 힘차게 달렸다. 해리라는 커다란 개도 남자아이와 함께 달렸다.

"해리, 신발, 내 신발, 빨리 찾아~!"

남자아이와 해리의 모습은 몹시 다급해 보였다. 지아는 제가 좀 심했나 싶은 마음에 미안한 생각이 들었지만, 정당성을 찾아내며 혼잣말을 중얼거렸다.

"그러게, 내가 나가라고 할 때 빨리 나갔으면 안 그랬잖아. 에이 몰라."

지아는 본부에 있다가는 또다시 낯선 민호라는 아이와 마주칠 것 같아서 본부에서 나왔다. 철길 언덕배기 좁은 길을 달려 집으로 돌아온 지아는 제방으로 들어가 바닥에 벌러덩 누웠다. 본부에서 한참 동안 실랑이를 벌여서인지 잠이 쏟아졌다.

악몽이다.

"어서 나가!"

지아가 계속해서 소리를 질러대자, 누가 잘못했고, 잘했는지, 생각도 안 들었다. 민호는 그냥 소리를 지르고 있는 깡마른 계집애를 한 대 때려 줄 마음만 굴뚝 같았다.

"왜 때려!"

그에 맞서 지아도 순식간에 민호의 팔을 물어뜯는다. 민호의 비명소리가 어찌나 컸던지, 지아도 놀랐지만, 민호네 개 해리가 지아에게 달려들었다.

"해리~, 멈춰! 하지 마!"

민호는 해리를 붙잡았다. 하지만 해리는 지아에게 눈을 부릅뜨고, 침을 흘리며 금방이라도 달려들 것처럼 몸부림을 쳤다. 무서웠다. 민호에게 빨리 해리를 데리고 가라며 지아는 결국 울음을 터트리고 말았다.

"지아야, 지아야~!"

지인이 언니가 지아를 흔들어 깨운다. 꿈속에서 아직 제대로 깨어나지 못한 지아는 오들오들 떨며 어깨를 들썩이며 운다.

"무슨 무서운 꿈을 꾼 거야?"

"아, 아니……."

지아는 낮에 만난 박민호라는 서울아이가 은근히 걱정되었다. 신발은 찾았는지…….

‘신발은……. 어떻게 되었을까?

앗, 내 일기장!’

자리에서 벌떡 일어난 지아는 황급히 마당을 지나고, 블록공장을 지나서 철길 언덕배기를 본부로 뛰어 올라갔다. 해가 뉘엿뉘엿 서쪽으로 넘어가는 주홍빛 석양은 몹시 아름다웠다. 곧, 일곱 시 기차가 지나갈 모양이다. 진동이 느껴지면서 지아 발밑 땅도 흔들렸다.

“다 왔다.”

본부 안으로 황급히 들어가 보았지만, 놓고 간 일기장과 나의 라임 오렌지 나무 책이 보이지 않는다.

“분명히 두고 갔는데,

더구나 빼곡하게 일기도 썼는데……. 혹시…….”

낮에 만난 민호 짓이 틀림이 없다. 지아가 신발을 던져버린 복수로 들고 갔을 거라는 생각을 하자, 지아는 화가 치밀어 올랐다. 제멋대로 남의 본부에 들어오고 제멋대로 남의 일기장이랑 책을 들고 간 거라면 그냥 둘 수는 없다. 하지만 민호라는 아이가 어디에 사는지 모른다. 게다가 서울이 집이라고 했다. 외가댁에 며칠 머무르다가 간다고 했다. 그 아이가 다시 오지 않는다면 다시는 찾을 길이 없다는 뜻이다. 방학도 이제 얼마 안 남았고, ‘나의 라임 오렌지 나무’ 아껴서 읽느라 아직 제대로 다 읽지도 않았다. 더구나 일기장은 지아의 속마음이 빼곡하게 기록되어 있는데 머릿속이 하얗게 변해버렸다.

'어떻게 하지?'

"나쁜 놈!

정말, 나쁜 새끼!"

더 어두워지기 전에 집으로 돌아가야 했다. 좁은 언덕배기 길을 따라 내려오는 지아의 마음은 오뉴월 바싹 마른 가뭄에 척척 갈라지는 논바닥 같았다.

"개나쁜 노옴~!"

아무리 욕을 해도 속이 풀리지 않았다.

'일기장'

못된 계집애. 민호는 들고 있던 지아 일기장을 만지작거린다. 민호는 덤불에서 신발을 가까스로 찾아서 바람의 집 본부로 돌아갔더니 지아는 사라지고 없었다. 아무리 생각을 해봐도 그처럼 모나게 굴 일은 아닌 것 같았는데, 지아의 행동을 이해하기 어려웠다.

"참, 쌀쌀맞고 못 된 계집애."

혼잣말을 중얼거리며 본부 안을 살피던 민호 눈에 지아가 두고 간 일기장과 책이 눈에 들어왔다.

"오, 복수할 거리를 찾았다."

민호는 일기장과 나의 라임 오렌지 나무 책을 들고 이모 댁으로 돌아갔다. 그리고 제 방으로 들어가 챙취한 전리품을 살펴

본다.

"어디, 일기장부터 한 번 볼까?

아니, 좀 그런가……. 그럼 책부터 볼까?"

'나의 라임 오렌지 나무'

"독서 좀 하는데. 그런데 이 책은 너무 슬퍼서 기분이 안 좋단 말이야."

민호는 혼잣말을 하며 지아의 일기장을 집어 든다.

'4학년 4반 1번 이지아'

"어, 나랑 같은 학년이잖아. 그런데 그렇게 조그맣게 생겼데. 일 학년인 줄."

빼곡하게 적어놓은 일기장을 보자니 왠지 미안한 마음이 들었다.

"글씨는 이쁘게 잘 쓰네.

에잇, 그냥 내일 돌려줘야겠다. 남의 일기 보는 건 좀……."

하지만 마음은 호기심을 자꾸 부추겼다.

"그냥, 맨 앞 장만 보면 안 될까?"

"그래, 한 개만 보자."

제 양심에 제가 묻고 답하고 민호는 결심했다. 일기장을 만지작거리던 민호는 더는 못 참겠다는 듯이 일기장 겉장을 펼친다.

가늘고 작은 글씨가 빼곡하게 쓰여 있는 일기장에서 흑연 냄새가 나는 듯했다.

'7월 24일 토요일 날씨 몸에 수도꼭지가 설치되었나보다 땀이 수돗물처럼 쏟아진다.'

날씨 표기가 독특했고 재미있었다.

그런데 일기를 읽던 민호 얼굴이 굳어지고 미간이 찌푸려지더니 일기장을 확 집어 던진다.

"말도 안 돼!

지어낸 이야길 거야."

'오늘은 방학 첫날이다.

방에 누웠다가 그만 잠이 들고 말았다.

그런데 오늘따라 아버지가 일찍 돌아오셨다.

아버지는 집에 오면 등목하시는 것을 좋아하신다.

그런데 오늘은 아무도 아버지 부르는 소리를 못 들어서 좋아하는 등목을 하지 못했다. 하필 그때 내가 방에서 자고 있었으니 아버지는 얼마나 화가 나셨을까?

더구나 아버지는 나만 보면 화를 내시는데, 내가 방에 누워서 잠을 자고 있었으니 짜증이 더 많이 났을 게 뻔하다. 아버지는 자고 있던 나를 다짜고짜 때리기 시작했다. 매번 닥치는 대로, 영문도 모른 채 나는 맞아야 한다.

아버지의 거칠고 억센 손은 내 머리로 뺨으로 그러다가 입술이 터져 피가 뚝뚝 떨어지는데도 아버지의 매질을 멈추지 않았다. 그뿐만이 아니라, 아버지는 마당 귀퉁이에 세워져 있던 몽둥이를 찾아 들고 나를 때리기 시작했다.

정말 아팠다. 너무 아파서 소리도 나오지 않았다. 아마 앞집 순이 할머니가 오셔서 말리지 않았다면 나는 맞아 죽었을지도 모른다. 나는 왜 이렇게 살아야 할까?

갑자기 변한 아버지. 어릴 때까지만 해도 아버지는 이러지 않았는데······.

엄마가 있었으면 달랐을까? 달랐을 거야. 아버지한테 이렇게 맞지는 않았을 텐데. 엄마가 참 보고 싶다. 내가 태어나는 날,

산부인과에 불이 나서 돌아가셨다는 우리 엄마. 엄마가 정말 보고 싶다.'

눈물을 얼마나 흘리며 썼는지 일기장 곳곳에 둥그런 눈물자국이 남아있고, 종이가 울퉁불퉁 눈물자국으로 얼룩져있다.

"설마,

이게 뭐야? 이런 일이 진짜 있다는 거야?"

방학한 첫날 일기였는데, 끝까지 읽어내기가 힘들었다. 아버지에게 까닭도 모르고 얻어맞는 이야기가 첫 장, 첫 줄부터 마지막까지 빼곡하게 쓰여 있었다. 세상에 자기 자식을 그리도 몹시, 그렇게 처참하게 할 수 있을까? 아버지가? 그것도 열한 살 어린 아이한테.

"그 집 식구들은 이상하다.

아무도 말리는 사람이 없지? 왜 그렇지?"

"지아라는 그 아이는 아버지와 단둘이 사는 걸까?"

민호는 온몸이 부들부들 떨렸다. 마치 제가 당한 것처럼 분하고 아프고 화나서 견딜 수가 없었다. 그리고 잘못한 것도 없으면서 맞고만 있고, 잘못했다고 빌었다는 지아라는 아이를 이해할 수가 없었다. 일기가 너무 끔찍해서 더 읽을 수도, 읽고 싶지도 않았다.

'그래서 그 본부라도 있어야 하는 거였구나.

그래서 누가 알면 안 된다고 자꾸만 가라고 재촉했구나…….

미안. 미안, 이지아!'

민호는 지아한테 미안한 생각에 잠을 잘 수가 없었다. 그리고 세상에 동화책에서나 나올 법한 이야기가 현실에서 그것도 그런 아이를 직접 만났다는 게 믿어지지 않았다.

"아무래도 안 되겠어."

민호는 일기장을 들고 이모랑 두런두런 이야기를 나누고 있는 엄마방으로 갔다.

"민호야!"

엄마는 가운데 자리를 비워주며 이리 오라 손짓한다. 민호는 엄마랑 이모 가운데 자리를 차지하고 엄마 팔을 안고 얼굴을 묻는다.

“민호, 무서운 꿈 꿨어?”

“아니…….”

“그런데 왜 겁먹은 표정인 것 같지?”

엄마는 민호 뒷머리를 쓸어주며 등을 토닥거리며 꼭 안아
준다.

“엄마, 오늘 어떤 여자아이를 만났거든. 그런데 그 여자아이가
너무 사나워서…….”

민호는 공연히 남의 사정을 엄마에게 이야기하는 것 같아서
말을 멈춘다. 민호 얼굴을 빤히 바라보며 다음 말을 기다리는 엄
마에게 민호가 말했다.

“그게,

내일 그 여자아이를 한 번 더 만나보고 이야기할게요.

오늘, 그 아이 일기장을 봤는데…….

아니다.

나중에 말씀드릴게요. 진짜인지 확인이 필요해서.”

엄마는 말없이 민호를 꼭 껴안아 등을 토닥이며 잠을 청해 주
었다.

일기장도 아끼던 책도 찾지 못한 지아는 엉망이 된 기분이었
다. 집으로 돌아와 마당으로 들어서는 지아에게 큰언니가 톡 쏘
아붙인다.

"어디 갔다가 이제야 오는 거야!"

해지기 전에 집에 오라고 늘 당부하던 언니다.

"응, 미안."

어깨를 축 늘어뜨리고 걱정거리가 있는 얼굴로 마당으로 들어서는 지아의 표정이 영 개운치 않은 모양인지 언니는 또 한마디 한다.

"조그마한 게 무슨 큰 볼일이 있다고,

툭하면 집을 나가서 온종일 있다가 오고,

너 방학 숙제는 다 했어. 일기는 다 쓰고?"

일기라는 말에 지아 뒷 목덜미가 쭈뼛해졌다.

"으응."

다행히 지아는 두 개의 일기장을 가지고 있다. 학교 검사용 일기와 속마음을 빼곡하게 적어놓은 진짜 일기. 잃어버린 일기는 진짜 지아 일기이고, 집에는 학교 검사용 일기장이 있다.

"일요일에 방학숙제랑 일기장 검사할 거야."

"알았어."

방으로 들어서자, 갑자기 허기가 몰려든다. 부엌으로 가서 밥을 먹어야 하는데 왠지 지민이 언니 눈치가 보여서 쉽게 문을 열고 나가기가 주저되었다.

"빨리, 밥 먹어."

"헤, 응"

오뎅볶음에 시원한 오이냉채가 식탁에 차려져 있었다.

"잘 먹겠습니다. 고마워 큰언니!"

지아는 허겁지겁 김치랑 오뎅볶음이랑 입에 넣고 오물오물 먹는다. 배릿한 오이향에 시원한 냉국물은 뜨거운 여름 더위를 식혀주었다.

"이쪽 냄비에 제육볶음 있으니까 그것도 먹어."

"알았어."

가만히 생각해보니 아침밥만 먹고 종일 굶었다. 민호라는 아이와 실랑이 벌이느라 집에 오는 것도 잊고 있었고.

'내일 일기장이랑 책 갖고 와야 하는데……'

한입 가득 밥을 물고 지아는 이 생각, 저 생각으로 금세 밥 한 그릇을 후딱 먹어 치웠다. 배는 부른데 뭔가 더 먹었으면 좋겠다는 생각이 들 때였다. 삼베 덮개로 덮여있는 채반이 보였다. 아직 따뜻한 포슬포슬한 감자가 놓여 있었다.

"언니, 나 감자 먹어도 돼?"

"먹어도 돼."

감자를 한 입 크게 물고 제 방으로 건네 온 지아는 배부른 기분이 좋았다.

06
일기장

잠든 민호를 살포시 몸에서 떼어내고 민호 엄마 나영이 마루로 나와 앉는다. 밤이 깊은 탓인지 그토록 뜨겁던 낮의 열기와는 달리 마루로 불어오는 바람에 시원한 바람 조각들이 기분 좋게 살갗에 와 닿았다.

"여름도 막바지구나. 밤이 되니까 바람이 시원하네."

혼잣말을 하며 하늘을 올려다보는 나영이 눈에 선명한 코발트 빛깔 하늘에 별이 쏟아질 듯 흩뿌려져 있었다.

"유난히 하늘이 밝고 별이 많이 보이는 날이네."

한참 동안 고개를 들고 하늘을 올려다보던 나영이 민호가 잠들기 전에 한 말이 문득 떠올랐다.

"여자아이……."

마루에서 부스스 일어나 민호방으로 나영이 들어갔다. 방을 휘둘러 보던 나영이 눈에 분홍색 노트가 눈에 띄었다.

"민호 꺼는 아닌 것 같고. 혹……."

나영이 지아의 일기장을 눈여겨보며 분홍색 일기장을 가져다
본다.

　　'4학년 4반 1번 이지아'

　　"민호랑 동갑인 여자 아인가 보네.

　　잠들기 전에 민호가 하려던 그 아이 건가 보네.

　　녀석, 이모 댁에 어제 왔는데

　　벌써, 또래 친구를 사귀었나 보네.

　　요즘 애들은 일기장을 공유하는 걸까?"

　　나영은 일기장을 펼쳐본다. 가늘고 작은 글씨가 한 페이지를
빼곡하게 채우고 있었다.

　　"글씨가 예쁘구나."

　　잠시 후, 나영은 동공이 크게 흔들리며 자신도 모르게 눈물이
쏟아지기 시작했다.

　　"이건……."

　　나영은 지아의 일기를 보며 혼자 중얼거린다.

　　"아닐 거야. 아닐 거야. 어떻게……."

　　'오늘은 방학 첫날이다.

　　방에 누웠다가 그만 잠이 들고 말았다.

　　그런데 오늘따라 아버지가 일찍 돌아오셨다.

．
．
．

중략

．

．

．

엄마가 있었으면 달랐을까? 달랐을 거야.

아버지한테 이렇게 맞지는 않았을 텐데.

엄마가 참 보고 싶다. 내가 태어나는 날,

산부인과에 불이 나서 돌아가셨다는 우리 엄마. 엄마가 정말 보고

싶다.'

"헉, 흐흑~!"

쿵

쿵

쿵

．

．

．

심장이 호들갑을 떨며 나영을 요란스럽게 흔들어댔다.

"설마,

설마······. 그 아이?"

'민호가 그 아일 만난 걸까?

어떻게 해야 할까, 어떡하지······?'

나영은 온몸을 바들바들 떨며 그 자리에 주저앉는다.

"여기 오는 게 아니었어.

다시는 여기 오지 말았어야 했는데······,

바보같이, 정말 바보같이······. 내일 당장 서울로 올라가야
해."

나영이 일어나, 지아 일기장을 마저 읽어 내려간다.

'중략

.

.

.

아버지는 자고 있던 나를 다짜고짜 때리기 시작했다.

매번 닥치는 대로, 영문도 모른 채 나는 맞는다.

아버지의 거칠고 억센 손은 내 머리로 뺨으로 그러다가 입술이 터져 피가
뚝뚝 떨어지는데도 아버지의 매질을 멈추지 않았다.

.

.

.

정말 아팠다. 너무 아파서 소리도 나오지 않았다.

아마 앞집 순이 할머니가 오셔서 말리지 않았다면 나는 맞아 죽었

을지도 모른다. 나는 왜 이렇게 살아야 할까?

갑자기 변한 아버지. 어릴 때까지만 해도 아버지는 이러지 않았는

데······.'

나영인, 손끝이 아렸다. 온몸이 불에 덴 것처럼 열이 오르고

바들바들 떨렸다. 이렇게 천덕꾸러기로 모질게 살고 있다고는 한

번도 생각 못 했다. 민호처럼 사랑받으면서 예쁘게 잘 자라고 있

을 거라고 생각했는데······.

'

.

.

'나는 왜 태어나서, 이렇게 살아야 할까?'

쿵

쿵

쿵

.

.

.

대못이 가슴 한가운데를 뚫고 들어왔다.'

"미안, 미안해…….

아니, 아니야!"

나영은 고개를 흔들며 제게 말한다.

'맞아,

어·쩌·면 그 아·이·가 아닐지도 몰라.

그런데 왜 이렇게 가슴이 뻑뻑하게 아픈 걸까?'

자기가 낳고 버린 그 아이가 아닐지도 모른다고 제게 세뇌를 시키듯 말 걸고 있지만 가슴에 박힌 대못은 숨을 막고 있었다.

"엄마, 여기서 자고 있었어?"

열에 들뜬 나영을 보고 민호가 이모를 부른다.

"어머나,

얘 좀 봐, 여름이라도 이렇게 맨바닥에 누워서 잠을 자면 어떻게 하니?

나영아, 일어나봐. 괜찮아?"

이모는 나영을 일으켜 세우며 심하게 열에 들뜬 나영에게 빨리 병원부터 가야 할 것 같다며 재촉했다.

"아니야, 언니 조금만 쉬면 괜찮아질 거야.

그런데 언니 나 올라가야 할 것 같아."

"왜, 벌써 올라가려고?"

"며칠 더 있다가 가지, 열도 이렇게 나는데…….

아, 아니다.

서울 가서 병원 가는 게 더 낫겠다."

이모는 나영에게 가벼운 여름 이불을 찾아와 덮어주고 나갔다.

"민호야,

엄마가 아파서 이만 서울 올라가야 할 것 같은데……."

민호는 가고 싶지 않았지만, 엄마가 아프니까 그럴 수밖에 없다는 생각이 들었다.

"알았어요.

일기장만 전해 주고 올게요."

"너,

걔를 어디서 만났어?

어디 사는지 아는 거야?"

나영이 지아를 아는체하자, 민호가 의아한 표정을 지으며 되묻는다.

"엄마 걔를 알아요?"

"아니."

"아, 엄마 혹시 걔 일기 읽었어요?"

일기를 읽었다는 사실을 민호에게 들킨 나영은 난처했다. 민호 일기조차 어릴 때 빼고 한 번도 읽지 않았는데.

"나 말고 엄마까지 그 아이 일기 읽은 걸 알면, 그 아이 성질 장난 아닌데…….

그런데 엄마, 그 일기 좀 지어낸 가짜 같지?

어제 그 일기 이야기 엄마한테 하려다가 안 했는데.

일기를 읽으면 읽을수록 그런 사람이 있을까……, 하는 생각이 들었어요.

아버지가 자기 딸을?"

잔뜩 미간을 찌푸린 민호가 나영을 내려다보며 말하고 있다. 그런 민호를 보는데 자꾸만 눈물이 나서 나영이 고개를 돌리며 외면해 본다.

"엄마, 울어. 정말 많이 아픈가 보네.

얼른 그 아이한테 일기 돌려주고 올게요."

"민호야, 너 그 아이 어떻게 만났어?

그 아이 집은 어딘데?"

"아, 걔네 집은 몰라요.

우연히……, 어제 해리 산책시키다가 해리가 갑자기 막 달려가길래 쫓아갔는데 거기에 그 아이가 만든 본부가 있었고."

"본부?"

"네.

걔가 만든 본부라고 했어요. 아무도 모른다고 하던데."

"거기가 어딘데?"

나영이 말을 않으려고 했는데 자꾸만 궁금증이 일어서 참을 수가 없었다.

"거기가 어디냐면……."

민호는 연습장을 꺼내 와서 한참 동안 설명했다.

"그러니까,

철길 옆인데, 이 길 끝까지 나가면 오래된 블록공장이 있어요. 그 모퉁이를 돌아서……."

자상한 성격의 민호는 엄마에게 지아의 본부를 그림으로 그려 가면서 자세히 설명해 주었다. 그리고 더 늦으면 안 되겠다며, 벌떡 일어나서 일기장을 들고 대문 밖으로 달음박질치며 나갔다.

민호가 빠져나간 대문을 한참 동안 바라보던 나영이 세수하고, 주섬주섬 옷도 챙겨 입는다.

세상에 자기 딸에게 그토록 모진 매질을 하는 아버지가 있다는 사실에도 놀랐고, 그렇게 매 맞는 아이가 어쩌면 자기가 낳은 딸일지도 모른다는 사실에 미칠 것만 같은 나영이었다.

"해리,

저리 가. 따라오지 마."

무심코 뒤를 돌아본 민호가 소리를 질렀다. 민호가 집을 나서
고 이내 타다다닥 뒤따라온 해리였다. 해리는 아랑곳하지 않고
민호가 한 발짝 옮기면 어김없이 저도 한 발짝 옮기며 민호 뒤를
따랐다.

"안돼 해리~!

오지 마! 금방 갔다 올 거야~!"

그러는 사이, 블록공장을 지나 철길을 따라 언덕배기를 오르
고 있는 민호였다. 그것도 어느새 해리와 나란히 서서 말이다.

덤불 숲 한가운데가 볼록이 치솟은 아카시아 나뭇가지가 보인
다.

'지아의 본부'

지아가 만들었다는 본부에 다다르자 민호는 가슴이 콩닥콩닥
뛰기 시작했다. 깡마르고 작은 체구였지만 지아는 약한 아이가
아니었다. 꽉 다문 입술에 말아쥔 작은 주먹은 쇳덩이처럼 보였
다. 게다가 거침없이 소리를 지르고, 또박또박 제 말을 하는 지아
는 분명 보통내기가 아니었다. 민호가 이겨낼 수 있는 아이는 아
니었다.

"하아, 또 소리를 지르면 어쩌지?

해리야, 너라도 있으니까……. 해리 잘 따라왔네."

민호는 해리를 내려다보며 꼬리를 흔드는 해리의 머리를 손으로 쓰다듬는다. 본부 안을 고개를 숙여 휘둘러 보는데 갑자기 등 뒤에서 쉿소리가 들린다.

"야, 이 나쁜 새끼~!"

"컹컹~!"

갑자기 지아의 외마디 소리에 놀란 해리가 컹컹 짖으며 금방이라도 지아를 향해 달려들 듯이 몸을 홱 튼다.

"멈춰~, 해리~!"

"컹~!"

해리는 지아를 향해 크게 짖으며 움직임을 멈췄다.

"내, 책!

내, 일기장!"

몹시 뽀로통해진 지아가 민호가 들고 있던 제 책이랑 일기장을 낚아채 갔다.

"너, 내 일기장 읽었어, 안 읽었어?"

민호가 금방 답을 못하고 우물쭈물하자 지아가 톡 쏘아붙인다.

"도둑놈, 남의 일기를 훔쳐 가지고 가서 봤다는 거야……? 설마?"

잔뜩 일그러뜨린 표정으로 말하는 지아는 금방이라도 눈물이 뚝뚝 떨어질 것 같았다.

"미안,

순간적으로 너무 화가 나서……. 미안 정말 미안…….."

민호의 손에서 낚아챈 일기장을 들고 선 지아는 고개를 푹 떨어트리며 말했다.

"됐어. 그만 가!"

"그런데,

그 일기 내용 말인데……."

일기라는 말에 다시 도끼눈을 뜨고 쏘아보는 지아.

"아니,

다른 일기 하나도 안 봤어. 딱 첫 장 그 내용 진짜야?"

"……."

"진짜는 아니지……?"

조심스럽게 묻는 민호와 달리 지아는 버럭 소릴 질렀다.

"진짜면 뭐?

사실이면 네가 뭐?"

날이 잔뜩 선 지아의 대꾸에 민호는 어떻게 말해야 할지 몰라 주저하고 있었다.

"컹컹~!"

연이은 지아의 날 선 목소리에 해리가 주인을 지켜야 한다는 충성심이 생겼는지 어제처럼 지아를 향해 짖으며 이빨을 드러내며 으르렁거렸다.

"야, 저 개 빨리 어떻게 해!"

겁에 질린 지아의 얼굴. 민호는 마음속으로 겁쟁이면서 센 척하고 있다고 생각했다.

"해리, 그만! 그만 해, 혼 나!"

해리에게 눈을 부라리며 명령하고 있는 민호가 용감해 보였다. 어제도 오늘도 그렇게 거칠게 대했던 자신이 좀 많이 미안했다.

"……나도 미안…….."

기어들어 가는 목소리로 겨우 미안이라고 말한 지아는 또다시 버럭 소리를 지른다.

"그렇다고 일기를 훔쳐 가는 게 말이 되니!"

민호는 할 말이 없었다. 그건 정말 나쁜 행동이었다.

"진심으로 사과할게.

정말 미안해! 용서해 줘~!"

민호는 갑자기 무릎을 꿇으며 금방이라도 울 것 같은 표정으로 지아에게 사과했다. 놀란 눈으로 지금 뭐 하는 거냐며 지아가 민호를 일으켜 세운다.

"알았어. 알았으니까 어서 일어나!"

처음으로 민호를 제대로 본 지아 눈에 짙은 눈썹에 우뚝하게 선 콧날과 꾹 다물어진 입술이 어딘지 모르게 낯익은 느낌이 들었다.

"너, 원래 집이 어디야?"

"서울."

"그런데 이상하다.

꼭 어디서 본 것 같은 느낌이지 왜?"

"나는 서울에서 태어났고, 그제 이모 댁에 잠깐 다니러 왔어!"

"그렇구나."

"지아야, 오늘은 엄마가 서울로 간다고 해서 가 봐야 하지만, 다음에 오면 꼭 여기 다시 오고 싶어. 그때, 와도 되지?"

민호가 간다는 말에 서운한 생각이 들었다. 이제 마음을 열었는데 여름 들머리부터 만들었던 본부 이야기도 들려주고 싶었는데 가야 한다니 여간 아쉬운 마음이 드는 게 아니었다.

"으응, 와······."

뭔지 모르게 아쉬운 표정을 짓고 있는 지아의 얼굴이다. 이를 본 민호도 본부를 선뜻 나서기가 몹시 아쉬웠다.

"지아야, 이 본부 정말 굉장해.

어떻게 본부를 만들 생각을 했는지······, 정말 대단해!"

본부 이야기에 지아의 표정이 밝아졌다.

"이 본부 지난 6월부터 들어오던 입구에 있는 블록공장에서 쓸만한 블록이랑 벽돌 한 장씩 주워와서 바닥을 깔고 괭이밥, 바이올렛, 쪽 빨면 단물이 나오는 광대나물도 옮겨다 심으면서 정말 온 힘을 다해서 만들었어."

"언제 완성한 거야."

"아카시아 나뭇가지 휘어지게 만드느라 여름방학 직전까지 엄청 힘들게."

"정말, 굉장해!"

"민호야, 여기 잠깐 누워서 하늘 좀 볼래."

지아는 제가 먼저 바닥에 벌렁 드러누워 하늘을 본다. 얼기설기 엮어진 아카시아나무 사이로 하늘이 촘촘히 새어 들어왔고, 하얀 구름도 들어왔다가 나가고 들어왔다가 나가고 있었다.

"서울에서는 상상도 못 할 일이고, 나는 엄두도 못 낼 일이야. 지아야 정말 대단해."

민호는 제가 상상도 하지 못한 일을 지금 경험하고 있다며, 본부 멋있다고, 정말 멋진 본부라며 지아를 치켜세워준다. 지아는 기분이 날아갈 것처럼 좋았다.

"고마워.

이제까지 내 본부 바람의 집에는 아무도 안 데려왔지만,

이렇게 칭찬을 들으니 기분이 너무 좋다."

"이 본부 이름이 있었어!"

"바람의 집!"

"이름이 너무 근사하다.

지아야, 너는 크면 작가가 될 것 같아. 빨간 머리 앤을 쓴 몽고메리처럼 말이야."

지아는 민호가 사람을 기분 좋게 하는 마법을 가진 아이처럼 느껴졌다.

지아는 민호에게 본부의 이름이 바람의 집이라는 것, 그리고 꽃이 피면 엄청 예쁘다는 것과 아주, 아주 시원한 바람이 불어서 더울 때 여기 오면 하나도 안 덥다는 걸 말해주었다. 지아와 민호는 마치 오랫동안 알던 친구처럼 금세 가까워졌다. 지아는 민호가 마음에 들었다. 무엇보다도 자기가 만든 본부를 멋지게 말해주고, 말이 예쁘고 착한 것 같아서 좋았다. 그런데 이상한 점이 있다. 민호 웃는 모습은 마치 옛날에 지아를 예뻐하던 아버지를 보는 것 같다. 지아는 민호의 모습이 낯설지 않았다.

조잘조잘 쫑알쫑알 한참 동안 이야기를 나누던 민호가 불쑥 생각지도 못한 말을 꺼냈다.

"지아야, 너 우리 엄마랑 비슷해.

너랑 이야기하는데……, 아무튼 이상하게 엄마가 생각나."

"뭐래."

느닷없는 민호의 말에 놀라긴 했지만, 지아도 낯설지 않았던 민호의 모습이 아빠랑 닮은 것 같아서였다는 것을 깨달았다.

"사실, 나도……,

네가 어딘지 모르게 내 어릴 때 예뻐해 주시던 우리 아버지를 많이 닮은 것처럼 느껴졌어."

"뭔가 좀 이상하지."

‘민호는 아버지를 닮았는데, 나는 민호 엄마를 닮았다고…….’

"우리 혹시 친척 아닐까?"

"우리 친척…….”

지아와 민호가 동시에 같은 말을 뱉고 있었다. 그때 땅이 약하게 흔들리며 진동이 느껴졌다.

"기차다!

민호야, 엎드려. 그리고 바닥에 귀를 대!"

지아는 얼마 전까지만 해도 아버지에게 심하게 매질을 당하거나, 까닭 모르게 큰언니의 싸늘한 냉대를 느낄 때면 본부 바람의 집에서 지금처럼 바닥에 누워 지나가는 육중한 기차 소리를 듣곤 했다. 매번 듣는 기차 소리는 지치고 무섭고 어두운 지아의 세상을 찬란한 햇살이 쏟아지는 따뜻하고 아름다운 형형색색의 빛깔들에 둘러싸인 꿈 꾸는 미래세계로 건너가는 기분을 들게 했다. 그 기차가 방금 요란한 소리를 내면서 바람의 집을 흔들고 지나갔다. 열한 살 동갑내기 민호와 지아는 바닥에 납작하게 엎드려, 마주 보며 까르르 웃는다.

"방금, 좋은 생각이 떠올랐어."

지아가 눈빛에 초롱초롱 빛을 내며 말했다. 지아와 민호는 새로운 계획을 세운다. 내년 봄에 민호의 본부를 만들 계획이다. 바람의 집 옆에, 민호가 이모 댁에 올 때면 언제나 몰래 올 수 있는 민호만의 비밀장소를 마련해두기로 했다.

"바람의 집에 사는 바람아이 지아."

민호는 갑자기 지아를 그렇게 불렀다. 그러면서 엄지손가락을 치켜세운다.

"지아야, 바람의 집도 멋지고, 바람아이 지아도 참 멋지다."

"……."

지아는 부끄러웠고, 한편으로는 기분이 너무 좋았다. 또래 아이에게서 듣는 칭찬은 처음이다. 언제나 기죽어 있는 지아를 아무도 그렇게 불러주지 않았고, 함께 잘 어울려 놀아주지도 않았다.

"지아야, 이제 가 봐야 할 것 같아.

방학 끝나기 전에 다시 못 올지 모르지만, 내년 아니 겨울방학엔 올 수 있을 거야."

아쉬운 작별을 하고 민호는 허겁지겁 달음박질하며 돌아갔다. 그 뒤를 커다랗고 충성스런 해리가 갈색 귀를 펄럭이며 따라 달렸다. 지아 혼자 바람의 집에 덩그러니 남았다. 그동안 혼자 있을 때는 몰랐는데 잠시 다녀간 민호의 흔적은 갑자기 지아를 더욱 외롭게 만들었다.

07
닮았다 닮았어

"엄마~, 다녀왔어요~!
늦어서 죄송해요."

민호는 지아 화도 풀어주고 본부도 좀 눈여겨보려고 했을 뿐인데 바람의 집을 나서는 순간 깨달았다. 시간이 꽤 지났다는 것을.

이모 댁은 텅 비어있었다. 민호는 그제야 몸이 약해 자주 앓아누우시는 엄마가 생각났다.

"큰일 났다. 별일 없어야 하는데."

민호는 이모방으로 황급히 들어가서 서울로 전화를 건다.

"따르릉, 따르릉~!"

한참 벨이 울려서야 통화가 연결되었다. 엄마는 먼저 서울로 올라간다는 연락을 받았다고 했다. 민호는 며칠 있다가 김 비서가 데리러 오겠다며 그동안 말썽 피우지 말고 이모 말씀 잘 듣고 잘 있으라고 했단다.

"김 비서 이모, 엄마 많이 아파요?"

"링거 맞고 휴식을 좀 취하면 괜찮아질 거야.

엄마 도착하면 연락할 테니, 데리러 갈 때까지 이모 말씀 잘 듣고 있어야 한다."

통화가 끝난 민호는 한편으로는 걱정이 되면서도 한편으로는 지아와 시간을 더 보낼 수 있다는 생각에 기분이 들떴다.

혼자 바람의 집에 한참 누워 있던 지아는 일어나서 민호가 돌려준 일기장을 펼쳤다. 첫 페이지부터 아버지에게 심하게 매질을 당하는 그날이 빼곡하게 써진 것을 보고 입술을 꼭 깨문다.

"몰라, 이 일기를 다 봤다면……."

지아는 긴 한숨을 폭 내쉰다.

집안에 천덕꾸러기 이지아.

"이 재수 없는 망할 년!"

아버지 목소리가 갑자기 바람의 집안에 가득 채워지는 듯했다.

"오늘, 너 죽고 나 죽는 날이다!"

아버지 목소리가 일기장을 넘어서 지아의 귓속을 파고들었다. 그 자리에 풀썩 주저앉은 지아는 얼굴을 무릎에 묻으며 온몸을 바들바들 떤다.

'아버지 미워, 아버지 정말 밉다.'

지아의 서러운 눈물이 얼굴을 덮고 세워진 무릎을 흥건히 적시고 있었다.

"지아야,

무슨 일이야? 이지아!"

한껏 들뜬 마음으로 한달음에 달려 온 민호는 뜻밖의 상황에 화등잔만큼 커진 눈으로 지아의 어깨를 흔든다. 그런 민호를 보자 눈물범벅이 된 지아가 톡 쏘아붙인다.

"너, 왜 내 일기 봤어.

너 왜 나를 부끄럽게 만들어. 너 왜……, 너도 미워~!"

"정말, 미안해 지아야.

일기를 볼 생각은 없었어. 진짜…….

그런데 네 일기가 너무 끔찍하고 슬프고 화나서 끝까지 안 읽을 수 없었어.

정말, 미안해!"

서러운 울음을 멈춘 지아는 한참 동안 무릎에 얼굴을 묻은 체, 꼼짝하지 않았다. 그런 지아 옆에 앉아있던 민호가 조심스럽게 말을 꺼낸다.

"지아야,

정말 궁금해서 그러는데…….

정말, ……미안한데 물어봐도 돼?"

민호가 머뭇거리며 채 말을 잇지 못한다.

"아버지가 네 친아버지 맞아?"

"……."

"친아버지가 맞는데,

진짜 그동안……, 그렇게 했어?"

지아는 대답하지 않았다. 아니 대답할 수가 없었다. 부끄러웠
다. 천덕꾸러기에 욕받이로 살아가는 지아라고 차마 말할 수가
없었다.

"그 일기를 읽으면서 얼마나 화가 나던지.

너무 무섭고 슬퍼서 나도 모르게 한참 동안 눈물이 그치지 않
았어."

"네가 왜?"

"우리는 이제 겨우 열한 살 어린이인데,

더구나 너는 여자아인데……, 어떻게…….

너무 화나고 속상하고 너는 얼마나 무섭고 아팠을까? 생각하
니까 눈물이 나오더라."

지아는 제 이야기를 보고 화내주고 슬퍼해 준 사람이 있다고
생각하니까 갑자기 서러운 마음이 들면서 눈물이 쏟아지기 시작
했다. 툭하면 운다고 핀잔을 수도 없이 들었는데도 눈물은 멈추
지도 마르지도 않았다.

"지아야, 미안, 미안……."

어깨를 들썩거리며 울고 있는 지아에게 뭘 어떻게 해야 하는
지……. 민호는 손을 들었다, 머리를 긁었다 어찌할 바를 몰라 했
다. 당황한 기색이 역력한 민호가 곁에서 쩔쩔매고 있다는 사실

을 알아차린 지아가 조금은 계면쩍은 얼굴로 눈물범벅이 된 얼굴을 주먹손으로 닦으며 말했다.

"……고, 고마워."

생각지 못한 지아의 말에 민호가 뜬금없다는 표정으로 지아를 물끄러미 바라본다.

"내, 상황에 화를 내고 같이 슬퍼해 준 사람이 있다는 게 너무 감사해서 눈물이 났어."

"우리 엄마도 그 일기 보고 충격을 받은 것 같던데.

마음이 약한 우리 엄마가 내가 잠든 사이 내방에서 네 일기를 봤나 봐.

아침에 내 방에서 만난 엄마는 눈이 퉁퉁 부었더라고. 어, 그래서 아프신 건가?

엄마가 몸이 안 좋아서 서울로 먼저 올라갔어. 나는 나중에 데리러 오기로 하고."

민호는 둑 터진 물처럼 말을 쏟아냈다. 하지만 민호의 말을 듣고 있던 지아의 얼굴을 일그러지기 시작했다.

"지금, 네 엄마가 내 일기를 읽었다고 했어. 하, 어떻게……."

지아의 손이 파르르 떨리고 있었다.

"지아야, 그게 말이야……."

민호는 수습할 수 없었다. 이미 말을 다 해 버려서 변명도 할 수 없다는 것을 안다. 극적으로 지아가 마음을 풀었는데.

“지아야, 미안······.”

“······.”

“지, 지아야······.”

민호는 안절부절못하고 지아 눈치만 살피며 있었다. 한참 동안 말이 없던 지아가 말문을 열었다.

“어쩔 수 없지 뭐. 어제는 나도 심했으니까?”

민호를 노려보면서 지아가 한 마디 톡 쏴붙인다.

“정말, 너 용서할 수 없는데, 너무 창피하고······. 이번 한 번만 용서하는 거야.”

“고마워 지아야.

진짜~, 진짜 고마워.”

“오늘은 그만 집에 가야 할 것 같아. 내일 아침밥 먹고 읽을 책 있으면 갖고 여기로 와!”

“알았어.”

극적인 화해를 하고, 지아와 민호는 철길 따라 언덕배기 좁은 길을 타박타박 내려왔다.

“지아야, 내일 봐.”

민호는 조마조마했던 마음을 가라앉히며 해리와 함께 내달렸다.

아침이 밝기가 무섭게 민호와 지아는 날마다 본부로 갔다. 비가 오는 날이면 온종일 생라면을 뜯어 먹기도 하고, 말도 안 되는 엉뚱한 이야기로 깔깔거리며 웃기도 했다. 민호와 지아는 겨울방학 아니면 내년 봄방학에 새 비밀본부를 만들기로 새끼손가락을 걸며 약속했다.

"지아야, 너 자꾸 보니까 정말 우리 엄마랑 많이 닮았어."

"정말? 너도 우리 아버지랑 닮았어."

그런 어느 날이었다. 본부에서 먹으려고 라면이랑 옥수수, 감자 몇 알을 챙기고 대문을 막 나오려는 데 큰언니 지민이가 불러 세운다.

"지아, 방학 내내 어딜 그렇게 쏘다녀? 개학도 이제 며칠 안 남았는데."

"그냥, 뭐……, 친구네서 공부도 하고 책도 읽고 하려고……."

"친구 누구, 어디 사는 아이야?"

지민이 언니가 꼬치꼬치 캐물었다.

"언니가 잘 모르는 친군데……. 우리 학교 근처에 살아……."

"학교 근처면 엄청 먼데? 매일 거기까지 가는 거야?"

"으응."

지아는 거짓말을 한다. 아버지한테도 거짓말은 한 적이 없는데 지민이 언니한테 거짓말을 하는 지아는 심장이 터질 것만 같았다. 게다가 쿵쿵 제 박자를 놓친 것 같은 심장 소리는 지민이 언니한테 고스란히 들릴 것만 같아 조마조마했다.

"언니, 갔다 올게."

지아는 부랴부랴 대문을 향해 달려간다.

"오늘까지만 이야. 내일부터는 가지 마!"

등 뒤에서 지민이 언니가 송곳 같은 소릴 질렀다. 지아는 블록 공장을 향해 뛰면서 몇 번이나 뒤를 돌아봤는지 모른다. 혹여나 지민이 언니가 나와서 지켜볼 것 같아서.

"지아야, 어서 와."

민호가 먼저 와서 기다리고 있었다. 지아가 가방에서 삶은 옥수수를 꺼내자, 민호가 반색하며 한 자루를 덥석 잡고 뜯어 먹는다.

"너도 좋아하는구나. 나도 좋아하는데."

지아는 집에서 나올 때 언니가 등 뒤에 한 말이 마음에 걸려 마음이 편치 않았다.

"자, 먹어."

민호가 옥수수알맹이 한 알, 한 알 까서 지아 손에 한 줌 놓는다.

"어, 고마워.

그런데 내일부터 어쩌면 여기 못 올지도 몰라."

시무룩한 표정이다.

"왜?

혹시 너희 아버지한테 혼났어?"

"아니, 아니야. 아버지는 지금 집에 없어.

큰언니가 이제 나가지 말래."

지아가 손사래를 치며 말했다.

"아, 그래. 나 혼자 와도 돼 지?"

"음, 그건 안 되겠는데."

"아, 진짜?"

절망하는 민호의 표정이 재미있어서인지 지아는 시침 뚝 떼고 한 번 더 말한다.

"내가 없을 땐 여기 절대 오면 안 돼! 알았지, 박민호!"

"알았어."

정말 너무하다는 표정을 지으며 실망하는 민호가 재미있는지 지아가 까르르 웃는다.

"박민호 너만 특별히 봐주는 거다. 언제든지 놀다 가!"

"정말, 진짜지?"

민호가 되물으며 활짝 웃는다. 지아는 대답 대신 검지와 엄지를 감아쥐며 오케이 사인을 민호에게 보여주었다.

오늘 민호와 지아는 서로 각자 집의 세대 조사를 시작했다.

"민호야, 너희 가족은 모두 몇 명이야?"

민호는 엄마랑 할머니 그리고 누나 세 명에 민호까지 여섯 명의 식구가 한집에서 살고 있으며, 엄마는 할아버지가 운영하시던 회사를 운영하고 있고, 민호는 그 집안에 막내이자 하나밖에 없는 아들이라고 했다.

"와, 가족이 정말 많구나."

민호는 지아네 가족은 어떻게 되느냐고 물었고, 지아는 아버지랑 언니 셋 그리고 지아 다섯 명의 식구가 살고 있고, 엄마는 지아가 태어나던 날, 산부인과 화재로 그만 돌아가셨다고 했다.

"난, 엄마 얼굴 한 번도 못 봤어.

그래서 아버지가 다른 언니들이 부러워할 만큼 많이 귀여워하고 예뻐했는데,

초등학교 어느 날부터 아버지가 변해버렸어……. 휴~ 다시는 그날로 돌아갈 수 없을 것 같아. 아버지는 나를 엄청 싫어하시니까……."

지아의 표정이 어두워졌다. 설움에 북받친 얼굴엔 금방이라도 울음을 쏟아낼 것만 같았다.

"넌 언니가 셋, 나는 누나가 셋 그리고 우리는 막내인 것까지 같은 점이 참 많아."

민호가 울적해진 지아의 기분을 풀어주려고 너스레들 떤다.

"참, 지아 너 우리 이모 댁에 놀러 가지 않을래?"

"이모 댁에?"

민호는 이모네 댁이 여기서 그렇게 멀지 않다고 했다. 지아는 민호네 이모 댁에 가고 싶다는 호기심이 생겼다. 하지만 지민이 언니가 이제 아무 데도 못 가게 할 것 같아서 대답하지 못하고 머뭇거렸다.

"오늘이 내가 나올 수 있는 마지막 날일지도 몰라. 나중에 겨울방학이면 또 모르겠지만……."

"지금 가자. 이모도 너 보면 좋아할 거야."

민호가 갑자기 벌떡 일어나 제 짐을 주섬주섬 챙기며 말했다.

"야, 지금 어떻게 가……?"

황당하다는 표정으로 지아가 민호를 올려다본다.

"쇠뿔도 단김에 빼라고 지금 당장 가자!"

"……."

얼떨결에 지아가 민호를 따라나선다.

겁많은 지아, 하지만 누구보다 단단한 아이다. 누르고 짓밟고 얕보더라도 지아가 가지고 있는 내면의 단단한 뿌리는 그 누구도 어떻게 할 수 없다. 단지, 아직 어린아이라서 겉모습을 보고 함부로 대하고 있다는 것을 관념에 젖은 어른들은 알지 못했다.

털이 북실북실 커다란 개 한 마리와 하얀 피부에 뚜렷한 이목구비를 한 초등학생이라고 하기엔 너무 단정한 귀티가 흐르는 남학생과 나무꼬챙이처럼 깡마르고 부스스하고 까만 머리가 어깨까지 내려오는 단발머리 여자아이가 이제 막 포장을 한 아스팔트 길을 타박타박 걷고 있었다. 한참을 걸었다.

"아직 멀었어?"

"아니, 이제 거의 다 왔어."

"이렇게 먼 길을 온 거야?"

"그렇게 멀지 않아. 해리랑 달리다 걷다 보면 금방이던 걸."

민호는 활짝 웃는다.

"저기, 보이는 이층집 보이지. 저기가 우리 이모 댁이야!"

하얀색 건물이었다. 가까이 다가가 보니, 대리석이 건물 외벽에 촘촘히 붙여져 있고, 이층 난간이 아치형으로 만들어진 텔레비전에 나오는 부잣집 모습이었다.

"너네 이모 댁 굉장히 부자인가 봐."

"헤헷, 우리 집은 이모 댁보다 더 큰데. 서울 오면 한 번 놀러 와!"

지아는 민호가 부럽다는 생각이 들었다. 무엇보다 지아가 그토록 부러워하는 엄마도 있고 할머니까지. 대가족 속에서 사랑을 많이 받고 자라는 것 같았다.

힐끔 민호를 곁눈질해 본다. 뽀얀 얼굴에 활기찬 모습. 문득, 조금은 부담스럽다는 생각이 들었다. 하지만 그런 생각마저도 지아와는 거리가 먼, 비교할 수가 없는 것 같았다.

"이모~!"

"그래, 이제 오니? 배고프겠다."

짧은 커트 머리에 160cm쯤 되어 보이는 키에 긴 에이치라인 스커트를 입은 40대 중후반쯤으로 보이는 민호 이모가 현관문을 열고 민호를 반갑게 맞아 주었다.

"어머, 누구니?"

"며칠 전에 우연히 해리 산책시켜주다가 알게 된 친구예요."

엉거주춤하게 서 있던 지아가 배꼽 인사를 한다.

"안녕하세요. 이지아예요."

민호 이모는 적잖게 당황한 표정을 지었다.

"민호야, 언제 여자 친구를 다 사귀었어?"

"그게 아니라……"

민호 이모는 당황해서 어버버하는 민호를 보며 재미있다는 표정을 짓고, 알겠다며 손사래를 치며 지아에게 어서 들어오라며 문을 활짝 열어주었다.

"가만, 너희들 배고프겠다. 이모가 치킨 한 마리 시킬까?"

"네!"

민호 대답이 우렁차다. 치킨을 함께 먹으며 이것저것 물어보던 이모는 지아 얼굴을 찬찬히 보며 말했다.

"지아는 민호 엄마를 좀 닮은 것 같아."

"어, 이모도 그렇게 생각하는구나. 나도 그렇게 생각했는데……"

그런데 지아는 내가 자기 아버지랑 닮았다고 하더라고요."

지아를 힐끔 건네보며 민호가 지아 대답을 재촉했다.

"맞지, 지아야. 신기하다고 했지!"

"어, 어어."

바늘방석이 따로 없다. 공연히 민호를 따라왔다는 생각이 지아는 수도 없이 들었다. 자꾸만 빤히 보는 민호 이모며, 집식구들 이야기를 서슴없이 하는 민호와는 달리 가족들 이야기가 나올 때마다 어떻게 말해야 할지 갈팡질팡했다. 가족들에게 몇 년 동안 따뜻한 말 한마디 제대로 못 들어본 지아는 가족들 이야기가 여간 불편하지 않았다.

"지아야, 민호 서울 올라가도 자주 놀러 오렴.

얼굴이 낯설지 않아서 내가 지아에게 정이 많이 가는구나."

시간 가는 줄 몰랐다. 여름날, 긴 해가 어느새 서쪽으로 뉘엿뉘엿 넘어가고 있었다.

오늘따라 유난히 주홍빛 노을이 이쁘게 피었다. 하지만 집이 가까워질수록 지아 마음은 뒤숭숭했다. 큰언니에게 혼날 것 같아서. 지민이 언니는 지아에게 아빠 다음으로 무서운 사람이었다.

민호 이모 댁을 다녀오고 며칠 있다가 민호는 서울로 올라갔나 보다. 지민이 언니가 밖에 못 나가게 해서 꼼짝 못 하다가 개학 전날에서야 본부로 갔더니, 민호가 그동안 재미있었다고 겨울 방학에 또 보자는 편지를 남겨 놓은 것을 발견했다.

'지아야,

나, 민호야!

처음에 엄마가 시골 이모 댁에 간다고 할 때는 엄청 싫었다.

왜냐하면 시골에는 재미있는 게 없으니까.

그런데 뜻밖에 너를 만나고, 네가 만든 본부에서 몹시 신나고 즐거웠어.

그래서 어른이 되어봐야 알겠지만, 나는 커서 건축가가 되고 싶다는 생각을 했어.

너처럼, 나의 집 그리고 사람들이 사는 집을 한번 멋지게 지어 볼 생각이 들었어.

이런 생각을 한 건 모두 다 그 멋진 본부 덕분이야.

그리고 지아야,

우리 이모가 널 우리 엄마한테 한번 소개하고 싶대.

어떻게 그렇게 남인데도 닮을 수 있는지 세상에 도플갱어가 있다더니 정말이라며 이모는 몹시 신기해했어.

지아야, 잘 지내고 있어.

겨울방학 되면 또 올게. 우리 그때 새로운 본부도 짓고 또 많은 책 읽으면서 이야기 나누자.

안녕!

8월 13일 박민호가 이지아에게.'

지아는 자기도 모르게 눈물이 났다.

"잘 가, 또 보자 민호야."

지아는 민호가 쓴 편지를 일기장 안에 잘 꽂아 넣었다.

'민호 엄마를 만날 수 있다고…….'

시간은 빠르게 흘렀다.

민호 엄마는 언니 전화를 받고 고민이 되었다. 이지아라는 민호 친구를 만나야 할지, 아니면 영원히 모른 체 하고 넘어가야 할지, 날마다 생각하고 또 생각하고 고민하고 또 고민했다.

'한번은 만나봐야겠지.

그런데 정말, 그 아이라면, 그 아이가 맞다면 나는 어떻게 해야 하지?'

고개를 절레절레 흔든다.

'만나서는 안 돼!

설사, 그 아이가 맞다고 하면, 맞다면⋯⋯.'

민호 엄마 나영은 하루에도 수십 번, 수백 번 생각들을 반복하고 또 반복하며 지아를 만나는 시뮬레이션을 그려보고 또 그렸다.

'그 못된 아비에게 매일 맞고 지낸다는데,

그 아일 당장이라도 그 못된 인간에게서 구해내야 하는데⋯⋯.'

생각들이 얽히고설킨 실타래처럼 자신을 흔들어대고 있었다.

'하지만 이제 와서⋯⋯. 내가 뭘 할 수 있을까?

공연히 긁어 부스럼을 만들지도 모르는 일이야.'

몸은 생각과 반대로 움직였다.

가을이 깊어지는 어느 날, 민호 엄마 나영은 모두가 잠든 10월 셋째 주 일요일 아침일찍 차를 몰고 지아가 살고 있는 곳으로 가고 있었다.

　'엄마, 이쯤에서 이 길을 쭉 따라가다 보면 오래된 블록공장……'

　지난 여름방학 때 그림까지 그려가면서 자세히 설명해 준 민호 덕분에 나영은 쉽게 그 길을 찾아갈 수 있었다.

　'블록공장……'

　언젠가는 산처럼 높게 쌓인 모래가 모래바람을 수도 없이 일으켰을 것 같은 블록공장이 나타났다. 깨진 블록조각과 벽돌이 여기저기 파편처럼 나뒹굴고 있었다.

　'서걱서걱, 싸르르'

　모래와 시멘트 가루를 반죽하고 두부모처럼 블록을 찍어냈을 블록공장. 나영은 꽤 넓은 블록공장 터를 지나고 있었다.

　'이 길모퉁이를 지나면……'

　차를 막 돌려서 블록공장을 거의 빠져나오려고 할 때였다.

　작은 키에 깡마른 여자아이가 가방을 메고 블록공장 마지막 길모퉁이를 돌아가는 모습이 보였다.

　나영은 핸들을 꺾고, 브레이크를 온 힘을 다해 밟는다.

　'그 아이.'

　어깨까지 오는 단발머리를 찰랑이며 타박타박 걸어가고 있다. 가을이 깊어진 계절인데 아이는 얇은 반바지에 티셔츠만 입고 총총히 걷고 있었다.

"춥겠다."

나영이 저도 모르게 말이 새어 나왔다. 입술을 꼭 깨문다. 더 이상 운전을 하기에는 길이 좁았다.

'멈칫'

앞서 걷던 아이가 갑자기 뒤를 돌아봤다. 하얀 얼굴에 흑단 같은 단발머리가 찰랑 소리를 만들어 바람을 가르며 나영을 봤다. 심장이 터질 것처럼 쿵쾅거려 멈추지 않는데, 아이는 아랑곳하지 않고 제가 가야 할 길을 총총히 걷고 있다. 힐끔 돌아본 그 하얀 얼굴이 나영의 숨길을 막았다.

'아아, ……아·가…….'

나영은 손이 떨렸다. 게다가 힘이 풀어진 발은 더 이상 엑셀러 레이터도 브레이크 페달도 밟기 힘들었다. 나영은 한동안 핸들에 얼굴을 묻은 체, 꼼짝하지 못했다.

'하얀 얼굴'

조금 전에 뒤를 돌아보던 지아의 얼굴만 온통 머릿속을 헤집고 있었다.

"돌아갈까?"

"아니야, 만나보고 가야지."

"만나서 뭐라고 할까?"

나영는 제가 묻고 제가 답하며 조바심을 일으키며 안절부절못했다. 한참을 그렇게 헝클어진 실타래 같은 마음과 실랑이를 벌이던 나영이 커다란 결심을 한 듯이 굳은 표정을 지으며 자동차 키를 뽑고 바바리코트 위에 아직은 두꺼워 보이는 숄을 두르고 차에서 내렸다.

길모퉁이를 지나자, 아직 지지 않은 개망초가 잡풀들 사이에서 듬성듬성 자리를 지키고 있고, 보랏빛 구절초가 얼굴을 높이 들고 바람을 즐기고 있었다.

철길이 가까워지는 언덕배기는 겨우 한 사람이 지나다닐 수 있을 정도로 좁았고, 엄밀히 말하자면 길이 아니라, 풀이 누워서 길이 된, 길 아닌 길이었다. 언덕배기에 다다를 즈음에 얼키설키 엮어져 구부러진 엉성한 아카시아나무가 눈에 띄었다.

'저기가 민호가 말하던 그 아이가 만든 본부인가?'

가을이 깊어진 아카시아나무로 만든 본부는 앙상한 가지를 고스란히 드러내고 있었다. 본부 안에서 조금 전 앞서가던 그 아이 모습이 벌어진 가지 사이로 빼꼼빼꼼 빠져나오고 있었다. 나영이 갑자기 걸음을 멈춘다.

"휴우~!"

길고 깊은 심호흡을 몇 차례 한 나영이 본부로 올라가던 발걸음을 돌린다.

'아무래도 민호랑 같이 오는 게 좋을 것 같아. 이렇게 들이닥치는 건…….'

"또각또각"

나영이 되돌아가는 발소리에 지아가 본부에서 나온다.

'누구지? 길을 잘못 들었나⋯⋯.'

구름이 잔뜩 낀 하늘은 금방이라도 가을비를 쏟아낼 것처럼 낮게 내려와 있었다. 옷도 얇게 입은 지아는 비를 몰고 올 것 같은 가을바람에 오소소 한기를 느꼈다. 양팔을 움켜쥐고 본부로 들어가 가지고 온 책이랑 일기장을 가방에 넣고 본부를 빠져나왔다.

툭!

투

둑⋯⋯!

굵은 빗방울이 뚝뚝 떨어지기 시작했다.

후다다닥, 언덕을 내려오는 지아가 보였다. 차에서 그 모습을 지켜보던 나영이 반사적으로 밖으로 나와 지아를 불러 세운다.

"어머나, 안 춥니? 비도 오는데."

나영이 두르고 있던 숄을 벗어 지아 목에 감아준다.

"아, 아니에요."

지아가 나영의 손을 뿌리친다.

"그러지 말고 두르고 가."

"모르는 사람이잖아요?"

까만 눈동자를 반짝이며 지아가 올려다본다.

"모르지 않아, 나도 이 동네에 가끔 오는 이 동네 사람이야."

나영이 뿌리치는 지아에게 끝끝내 숄을 둘러준다.

"나중에 만나면 돌려주면 되잖니.

지금은 춥고 비도 오니까 메고 가. 자칫하다가 감기 걸려."

'낯선 사람인데, 나쁜 사람은 아닌 것 같아. 나중에 꼭 돌려드려야지.'

"참, 이름이 뭘까?"

"이지아예요. 그런데 이거……."

"지아, 예쁘게 생겼네. 그건 우리가 만난 기념으로 네게 줄게."

"네·에엣!"

지아가 미처 말을 끝내기도 전에 낯선 아줌마는 차를 몰고 가 버렸다.

블록공장을 돌아 집으로 가는 동안 비는 오지 않았다.

'참 정이 많은 사람이야. 냄새도 참 좋았고.'

지아는 낯선 아줌마 자꾸 생각났다.

"언니, 나왔어."

대문을 열고 들어가며 소릴 질렀지만, 아무도 나와 보지 않았다.

'잘 됐어. 이거 얼른 벗어서 넣어둬야겠다.'

지아는 급하게 숄을 풀어 제 서랍을 열고 맨 밑으로 넣었다.

08
기다리던 겨울방학

"드르륵"

바람이 차갑다. 지아는 언니들 몰래 숨겨두었던 낯선 아줌마가 준 숄을 손으로 가만히 만져본다. 몽글한 부드러움에 슬픈 생각이 따라왔다.

'나는 좀 슬픈 마음이 많은가 보다.'

코끝으로 전해지는 낯선 아줌마의 분향. 지아는 저도 모르게 부비적부비적 숄에 얼굴을 파묻어본다. 마치 강아지처럼. 지아만 알고 있는 들키고 싶지 않은 비밀이 생겼다.

'이제 머지않아 겨울방학이야. 민호를 만날 수 있겠지.

처음 본 아이를 기다린다는 건, 그만큼 사람이 그리운 거야.

나와 마음이 통하는 사람이.'

11월 어느 날이었다. 지아는 작은언니 지인이에게 민호에 대해서 말했다. 그런데 입싸게 지인이 언니는 반나절도 채 지나지 않아서 민호 이야기를 큰언니 지민이랑 작은언니 지은이까지 모두 알게 만들어 버렸다.

"뭐야! 언니 정말 너무 해."

지아는 속상한 마음에 눈물이 멈추지 않았다.

'민호는 들키고 싶지 않았는데. 무서운 큰언니까지 알게 되다니…….'

"더구나 큰언니까지 알게 하면 어쩌냐고……. 언니 정말 미워!"

큰언니 지민이는 아버지 다음으로 지아를 못마땅하게 생각하는 사람이다. 아버지가 지아를 못살게 할 무렵부터 큰언니 지민이 역시 지아를 한 번도 제대로 대해준 적이 없었다. 그뿐만이 아니라, 아버지의 폭행을 언제나 무관심하게 지켜보기만 한 사람이 지민 언니였다. 게다가 쓰러져 잠든 지아를 더러운 짐짝 대하듯이 곁에서 밀쳐 낸 사람도 지민이 언니였다. 때리는 아버지보다 싸늘한 눈빛으로 냉정하게 바라보는 큰언니 눈빛이 더 아프게 느껴졌던 지아였다.

하지만, 아버지가 서울로 떠나시고, 큰언니는 전처럼 지아를 그렇게 미워하지는 않았다. 옛날처럼 따뜻하지는 않았지만 말이다.

"지아, 이제 그만 좀 해."

지아는 전전긍긍했다. 왜냐하면 큰언니가 또다시 저를 미워하게 될까 봐.

드디어, 방학이 있는 12월이다.

'야호, 이제 곧 겨울방학이다!'

지아는 겨울방학만 기다린 것 같은 느낌이었다. 여름방학처럼 반 친구들은 방학이 시작하자마자 해외여행으로, 국내 여행지로 가족 행사가 많은 모양이었다. 하지만 지아는 가족들과는 특별한 계획이 없다. 다만 겨울방학이 되면 민호가 온다고 했으니까 민호랑 놀 생각으로 어떤 놀이를 할지 혼자 계획을 세웠다가 다시 계획을 짜곤 했다.

시간은 빠르게 흘러 겨울 방학식을 하고 기다리고 기다리던 민호가 내려왔다.

매일 아침부터 꼼꼼히 챙겨 나가는 지아를 언니들이 지켜보고 있다는 사실을 지아는 눈치채지 못했다.

그러던 어느 날이었다.

큰언니가 지아를 불러세웠다.

"지아야, 너 요즘 매일 어디를 그렇게 나가는 거야?"

지아는 멈칫했다.

"그게, 아……."

거짓말에 서툰 지아는 둘러댈 말이 떠오르지 않아 허둥댄다.

"그, 친구 왔니?"

"어? 으응."

지아 귀밑 볼이 발그레해졌다.

"지아야, 그 친구 언니도 좀 만나볼 수 있을까? 지인이 말로는 네가 아버지 닮았다고 했다던데."

지인이 언니가 그런 말까지 했을 거라고는 생각하지 못했다. 지아는 큰언니에게 민호에 대해서 사실대로 이야기해야 할 것 같았다.

"언니, 나 혼내지 않을 거야? 사실대로 다 말해도 나 미워하지 않을 거야?"

고개를 푹 떨어트리고 말하는 지아의 손이 파르르 떨리고 있었다.

"지아야, 미안. 언니가 너무 지아한테 무섭게 굴었나 보다. 미안, 미안해."

지민이는 파르르 떨고 있는 지아의 손을 잡자, 눈물이 쏟아졌다. 그동안 왜 지아를 그렇게 미워했는지 지금 말할 수는 없지만, 나중에 지아가 조금 더 크면 다 말해주겠다고. 지민이 언니가 지아를 꼭 안아주며 말했다. 그동안 답답하고 무거웠던 지아 마음이 둑이 터지듯 날카로운 굉음을 울리면서 목구멍으로 올라왔다. 한참을 울었다. 미안해서 울고, 서러워서 울고.

"큰언니, 있잖아, 민호는 서울이 집인데, 지난 여름방학 때 우연히 만났어."

이모 댁에 놀러 온 민호와 해리 이야기까지. 철길 옆 본부 이야기를 하려다가 말끝을 흐리며 얼버무린다. 본부 이야기까지는 하고 싶지 않았다. 왜냐하면 말을 꺼냈다가 혹시 민호랑 못 놀게 될 수도 있다는 생각이 순간 머릿속을 스치고 지나갔기 때문이다. 지민이는 말끝을 흐리는 지아의 얼굴을 빤히 건네다 본다.

'그 남자아이를 좋아하는구나.'

지민이는 지아가 다시 말할 때까지 기다렸다. 한참을 망설이던 지아가 다시 입을 열었다.

"큰언니, 있잖아……."

다시 입을 닫는다.

"그 민호라는 아이 지금 만나러 가는 거야?"

"어, 으응."

"너, 그 아이 많이 좋아하는구나."

무슨 소리냐는 듯이 놀란 얼굴로 지아는 지민이의 얼굴을 올려다본다.

"아니, 그건 아니야 큰언니. 민호가 아버지를 너무 많이 닮아서……."

정색하며 지아가 민호 이야기를 순식간에 실타래 풀어헤치듯 풀어놓았다. 지아의 이야기를 듣고 있던 지민이는 가슴이 뛰었다.

"아버지를 닮은 아이가 있어? 그렇게나 많이 닮았어?"

아버지를 닮은 아이라니……, 민호를 당장이라도 만나보고 싶었다.

"지아야, 집으로 한번 데려올 수 있어?"

"정말? 집에 데리고 와도 돼?"

지민이 언니는 데리고 오면 라면도 맛있게 끓여 주겠다는 말도 했다. 큰언니가 민호를 보고 싶어 하리라고는 상상도 못 한 일이다.

"알았어. 민호 만나면 물어보고 데리고 올게."

지아는 경중경중 한달음에 대문 밖으로 내달렸다. 세상에 큰언니가 저렇게까지 반색 할 줄은 상상도 하지 못했다. 게다가 오늘 지아를 안아주면서 미안하다고까지 했다. 단숨에 본부로 달려가 민호를 기다렸다. 올 시간이 한참이 지났는데도 민호는 오지 않았다. 무작정 기다리자니 지아는 속이 답답하고 갑갑증이 밀려왔다. 그렇다고 본부 밖으로 막 나가서 다니기도 곤란하다. 누가 보기라도 하면 본부는 사라지기 때문이다.

"큰언니가 집에 오라고 했다고 하면 민호도 좋아할 텐데, 오늘따라 왜 이렇게 안 오는 거지?"

날씨는 차가운데 지아의 목덜미로 땀이 배었다.

"컹컹!"

해리 짖는 소리가 들렸다. 반가운 마음에 지아가 벌떡 일어나 밑으로 내려갔다.

"지아야!"

민호가 숨을 헉헉 몰아쉬며 손을 흔들었다. 그런데 민호 혼자

가 아니었다. 어떤 아줌마랑 같이 올라오고 있었다.

"지아야, 우리 엄마야!"

민호가 지아 앞에 선다. 잠시 후, 민호 엄마도 지아 가까이 왔다. 고운 얼굴이었다. 서울에서 살아서인지, 하얀 피부에 갸름하고 짙고 긴 속눈썹이 예뻤다. 민호 엄마를 바라보고 섰던 지아는 갑자기 가슴에서 뜨거워지면서 온몸에 소름이 돋았다.

"지아, 안녕!"

"아, 안녕하세요……!"

지아는 고개를 숙이며 꾸벅 인사를 한다. 만난 적이 있었다. 10월 그날, 지아에게 숄을 건네주고 간 그 아줌마가 민호 엄마였다.

"……."

눈꼬리가 약간 아래로 처진 듯한 민호 엄마는 더 이상 아무 말도 하지 않았다. 한없이 부드러워 보이는 눈으로 지아를 바라본다. 그런데 지아를 바라보는 눈빛이 흔들리는 것 같기도, 말간 눈물이 어리는 것 같기도 하고……. 민호 엄마의 눈빛을 본 지아는 자꾸만 마음속에서 뜨거운 것이 솟구쳐 올라오는 것 같았다.

"지, 지아야."

민호 엄마가 조심스레 지아 손을 잡는다.

"우와, 엄마랑 지아 같이 있으니까, 정말 닮은 꼴이야. 세상에 말로만 듣던 도플갱어 실물 영접이라니~!."

민호가 제 엄마와 지아를 번갈아 보면서 너스레를 떨었다.

"정말, 그렇니?"

민호 엄마는 고개를 끄덕이며 겨우 대답한다. 지아는 이상하게 불편했고 가슴이 두근두근 제멋대로 뛰었다.

"민호야, 우리 큰언니가 너 우리 집에 놀러 오래. 데리고 오면 라면 끓여 준다고."

불쑥 숨넘어가듯 다급하게 말하며 민호를 본다.

"진짜, 앗싸~!"

"오늘은 안돼!"

민호의 말이 떨어지기 무섭게 민호 엄마가 정색하면서 거절했다. 지아와 민호는 당황하며 서로 의아한 표정을 주고받는다.

"왜, 안 돼요? 지아 집에 가서 좀 놀다 이모 댁에 가면 안 돼요?"

"집에 올라갈 거야."

"엄마, 아직 방학 끝나려면 멀었어요. 왜 벌써 가요?"

민호가 엄마에게 못마땅하다는 표정을 지으며 되묻는다.

"엄마 내일부터 바쁜 일 있는 걸 깜빡 잊었어. 오늘 올라가야 해."

단호하게 말하는 엄마에게 민호는 몹시 실망하며 투덜댄다.

"지난번처럼 엄마, 혼자 가면 안 돼요?"

"이번엔 안 돼. 지아야, 이해하지. 다음에 보자꾸나."

지아와 정말 재미있는 방학을 보내고 싶었는데, 엄마 멋대로 다 망쳐 놓았다며 민호는 어린아이처럼 따지고 투덜거리며 계속 칭얼거렸다. 민호는 몇 번이나 엄마 혼자서 가라고 말했다. 엄마와 실랑이를 벌이고 있는 민호를 한참 동안 지켜보더니 지아가 먼저 말을 꺼낸다.

"민호야, 다음에 다시 내려와서 놀면 되잖아."

"지아야 미안, 그리고 고마워! 다음에 꼭 다시 보자."

민호는 엄마 손에 이끌려 본부를 나섰다.

"엄마, 이것 좀 놓고 가요."

민호가 엄마 손을 홱 뿌리쳤다. 민호는 정말 엄마가 야속하기만 하다. 지아를 만나러 같이 가자고 먼저 청한 건 엄마였는데, 도무지 창피하고 야속하기만 했다.

'큰언니랑……'

지아는 모처럼 큰언니랑 화해했는데, 민호를 보고 싶어 하는 언니한테 꼭 데려가려고 했는데 그럴 수 없는 것이 너무 서운하고 마음에 걸렸다.

"잘 가……."

혼자 작별 인사를 건넨 지아는 갑자기 눈물이 왈칵 쏟아졌다. 그때였다. 저만치 내려가던 민호 엄마가 갑자기 지아를 향해 성큼성큼 걸어왔다.

"지아, 지아야. 미안해. 지아, 참 이쁘게 생겼구나."

민호 엄마 눈에서 눈물이 주르륵 볼을 타고 흘렀다. 갑자기 붙들고 눈물을 흘리는 민호 엄마. 이상하게 지아도 눈물이 났다. 조금 전 민호 엄마를 처음 보았을 때처럼 심장이 터질 것처럼 쿵쿵대기 시작했다.

"지아야, 다음에 꼭 다시 민호랑 올게……."

대답 대신 지아는 고개만 끄덕였다. 그러는 지아를 민호 엄마가 꼭 안아준다. 지난번처럼 향 좋은 분 냄새가 났다. 민호 엄마는 목에 두르고 있던 목도리를 풀어 지아 목에 매주었다.

"아, 아니에요. 지난번 숄도 드려야 하는데……."

"내가 주고 싶어서 그러니까, 추운데 꼭 두르고 다녀.

지난번 숄은 이곳 바닥에 깔아서 쓰고. 겨울엔 여기 너무 추우니까, 따뜻한 봄에 오고. 지아 잘 있어. 아프지 말고."

안아주는 민호 엄마 품이 너무 따뜻했다. 그 품에서 빠져나오고 싶지 않았다. 모두 갔다. 텅 빈 본부. 텅 빈 오솔길. 갑자기 차가운 바람이 싸아아 소리를 지르며 달려들었다.

"…괜, 괜찮아……."

목구멍으로 뜨거운 소리가 새 나왔다. 가슴이 터질 것 같았다. 알 수 없는 설움이 북받쳐 올랐다.

"엄, 엄마, 엄마아~!"

지아는 텅 빈 본부로 다시 올라가 목에 두른 목도리를 움켜잡아 본다. 민호 엄마는 지아가 그동안 한 번도 느끼지 못했던 엄마라는 뭉클한 감정을 느끼게 해주고 갔다. 울었다. 갑자기 아버지에게 매 맞던 생각, 엄마가 보고 싶었던 생각, 언니들에게 따돌림당했던 서러운 생각, 이런저런 생각들이 봇물처럼 떠오르면서 지아를 울리고 있었다.

'엄마……. 따뜻하다.'

민호 엄마, 낯선 아줌마의 품이 얼마나 포근한지 지아는 자기도 모르게 엄마를 부르고 불렀다.

"지아야, 나중에 서울 오면 우리 집에 꼭 놀러 와!"

지아 귀에 속삭이던 민호 엄마 목소리가 귓전에 남았다. 아프지 말라며 밥 많이 먹고 다니라는 말이 방금 듣는 말 같았다.

"지아, 밥 많이 먹어. 몸이 말라깽이네."

말이 끊어졌다.

"지아 엄마는?"

낮고 조심스러운 목소리였다.

"…돌아가셨어요. 저 태어나던 날, 병원에 불이 나서……."

"그……, 그렇구나, 그렇구나. 아, 미안……. 미안."

민호 엄마 나영은 심장이 쿵 떨어지는 것 같았다. 휘청이는 몸을 간신히 가누며 뒤도 돌아보지 않고 걸었다.

'맞구나, 맞구나…….'

진짜 우리엄마 심장소리가 듣고 싶다

나영은 가슴이 아리다. 손끝이 아리다.

자신의 아이를 그대로 두고 떠나온 매몰찬 모정을 지닌 자신에 대해서 치를 떨었다. 하늘 아래 이 세상 어디에도 자신과 같은 어미는 없을 거라며 자책하고 또 자책했다.

'지아……'

마치 어제처럼 생생하게 지아의 얼굴이 떠오른다. 반듯한 이마. 거울 앞에 앉아서 머리카락을 걷어 올려본다.

'닮았다.'

나영은 자신의 이마를 손가락으로 더듬었다.

처음으로 만져본 자기 아이의 머리카락, 따뜻한 볼, 동그란 눈, 그 속에 호수처럼 맑고 검은 눈동자. 하지만 우울함을 머금고 있던 슬픈 표정. 나영은 숨이 막혔다.

'지아야……'

서울로 돌아온 민호 엄마 나영은 잠을 잘 수도 없었고, 밥을 먹을 수도 없었다. 자꾸만 활활 타오르던 불길 속을 헤쳐 나오던 11년 전 일이 마치 어제 일처럼 생생히 떠올랐다.

"잘했어요!"

소방관 아저씨였다.

"아기를 주세요."

나영은 자신의 품에 안겨 있는 두 아기를 내려다보며 순간 머뭇거렸다.

아기!

어느 쪽을 내밀어야 할지 주춤거려졌다. 아들이다. 진숙의 아기에게 욕심이 생겼다. 나영은 머릿속이 벌집을 쑤신 듯 복잡했다.

"빨리요!"

소방관 아저씨의 재촉이 이어지고, 나영은 왼쪽 팔에 안긴 아기를 내밀었다. 그러다가 황급히 오른쪽 팔에 안긴 아기를 내주었다. 곧이어 나영은 가쁜 숨을 몰아쉬었고,

잠시 후, 구급차가 와서 나영을 싣고 달렸다.

'아가, 엄마를, 엄마를 용서해 주렴.'

나영의 품에 안긴 아기는 꼼지락거린다. 배가 고픈지, 자꾸만 나영의 품으로 고개를 돌려 입술을 달싹였다. 아기를 내려다보던 나영의 눈엔 하염없는 눈물이 흐르고 있었다. 가슴은 터질 것처럼 아리고 숨이 꼭꼭 막혔다.

'천벌 받을 거야!'

구급차 안에는 간호사 한 명이 있었다.

"산모님⋯⋯."

간호사가 나영을 가만히 내려다본다. 그만 진정하시라는 듯이 지긋이 내려다본다. 부드러운 눈빛이다. 이제 다 잘 되었으니 안심하라는 눈빛이었다. 하지만 나영은 간호사 눈을 외면하고 입술을 깨문다.

'별일은 없겠지. 아무도 모르겠지⋯⋯.'

지금 자기 품에 안긴 아기가 자기의 아기가 아니라는 사실이 무서웠다. 하지만 다시 되돌리고 싶지 않다. 나영은 고개를 흔들며 눈물만 흘렸다. 울고 있는 나영에게 간호사는 따뜻한 손으로 나영의 손을 꼬옥 잡아주며 작고 차분한 목소리로 말했다.

"걱정 마세요. 아기도 산모님도 모두 건강에 문제없다고 하셨고, 산모님은 조금 더 검사를 해봐야 할 것 같지만, 이제 모든 건 다 잘 끝났어요. 진정하세요."

"⋯⋯."

나영은 터져 나오는 울음을 참으며 고개만 끄덕였다. 간호사는 나영이 우는 까닭을 갑자기 겪은 화재로 인한 쇼크로 생각하고 있는 듯했다.

"너무 잘생긴 아기네요."

"⋯⋯."

나영은 가슴에 뻐근한 통증이 느껴져서 숨을 제대로 쉴 수가 없다. 하지만 새근거리며 잠든 아기의 얼굴이 눈에 들어왔다. 너무나 귀여운 아기였다. 아기의 오똑한 콧날이 자신과 닮았다는 생각을 해 본다.

'아…….'

그런 생각을 하는 자신에게 화들짝 놀라며 나영이 자책을 한다.

'나는 과연 어떻게 될까?'

무서웠다. 가슴을 쿡쿡 찌르는 통증이 몰려왔다.

'벌 받겠지, 벌 받을 거야.'

나영은 돌아눕는다.

'내 아긴 어떻게 되었을까?'

서울 병원으로 옮겨졌다. 나영은 TV를 켠다. 뉴스 시간이 되자, 나영이 분만한 문 산부인과 화재 뉴스가 나왔다.

'오늘, 오후 6시경에 경기도…….

이 화재로 사망 2명, 중화상자 5명, 연기 흡인으로 인한 산모와 신생아, 병원 관계자분들의 사상이 다수 발생했으며 모두 인근 병원과 서울로 옮겨져 치료를…….

화재는 모델하우스의 난방 시설이 가열되면서 불이 난 것으로 보고 있습니다.

정확한 원인은 정밀 조사를 좀 더 해 봐야 알겠지만……,

산부인과가 피해가 컸던 이유는 모델하우스는 건축판넬과 합판이 주재료로 사용되기 때문에 불이 붙으면 삽시간에 번져 초기 진화를 하지 못하면…….

게다가 출산을 한 산모와 출산이 임박한 임산부들이 많아서 피해가 더 컸다고 합니다.

미처 피신하지 못한 산모 김진숙 씨, 이소영 씨가 숨졌으며, 3도 이상의 중화상자 …….'

나영은 눈을 돌렸다.

텔레비전 화면에 황망한 모습으로 오열하는 가족들의 모습이 보였다. 차마 눈을 뜨고 볼 수가 없었다. 채널을 이리저리 돌려 보아도 뉴스 시간인지 산부인과 화재 소식만 전해지고 있었다.

검은 연기에 둘러싸인 건물. 그리고 붉은 불기둥에 휩싸여 타들어 가는 모델하우스와 산부인과 모습이 텔레비전 화면을 가득 채우고 있었다.

곧이어 이어지는 여자 앵커의 목소리가 들린다.

'오늘 불이 난 산부인과는 삽시간에 번진 불길로 내부가 거의 다 전소되었고,

환자들의 진료 기록들마저도…….'

나영이 리모컨을 찾아 텔레비전 음성을 황급히 올렸다.

여자 앵커의 목소리가 너무나 또렷하게 나영의 귓전에 꽂힌다.

'모두 다 탔다고. 환자 진료 기록지까지도……'

벌렁거리던 가슴이 소용돌이를 치며 한순간에 바람 소리를 일으키며 가라앉았다.

'그럼, 모든 기록도……'

생각이 거기까지 미치자 나영은 자기도 모르게 긴 숨이 뱉어졌다. 가슴을 억누르고 있던 바윗덩이 하나가 푸쉬쉬 바람 소리를 내며 빠져나갔다.

'이거였어. 이것이었어.'

가슴이 아프지 않았다. 뭔가 해낸 듯한 생각까지 들면서 숨길이 열리고 숨이 쉬어졌다.

'숨이 쉬어진다. 왜 숨이 쉬어지는 걸까?'

그런 생각을 하던 나영이 움찔 놀란다. 인간의 이기심이 갖는 평온함이라니……. 자기 자신이 그런 사람이었다는 사실을 깨닫는 순간 비실비실 실소가 새어 나왔다. 너무나 어지러웠다. 기절할 것만 같았던, 그렇게 가슴을 짓누르던 무거운 무엇인가가 걷어졌다는 사실에 나영은 그런 파렴치하고 비겁하고 저질인 인간이 자신이었다는 사실에 웃음이 터졌다. 그런데 눈물도 터져 나왔다.

'오~, 하느님 맙소사. 정말 제가 이처럼 독하고 잔인한 사람이

었나요!'

나영은 그렇게 생각하는 것조차 가짜처럼 느껴졌다. 이제는 무엇이 진실인지, 애초에 한 번도 진실했던 적이 없는 자신처럼 생각되었다.

'이제 그 누구에게도 용서받지 못하겠지?

용서…….

용서를 바라다니, 이나영 너 참 구제 불능에 질 나쁜 인간이었구나…….'

나영은 두려웠다. 하지만 그렇다고 이미 저지른 일을 되돌리기엔 더욱 두려웠고 무엇보다 되돌리고 싶지 않았다. 지금 자기 곁에서 아기 사진을 들여다보며 행복에 겨운 얼굴로 만면에 웃음을 짓고 있는 남편과 시어머니에게 사실을 말할 수는 더욱더 없다. 더구나 시어머니에게 이제야 눈길을 받기 시작했는데 또다시 멸시받고 싶지 않았다. 그리고 그 무엇보다도 나영인 제 품으로 파고드는 아기를 이제 내칠 수가 없었다.

'그 누구에게도 빼앗길 수 없어. 아기는 내 아기야.'

"이번에도 딸을 낳으면 아범을 다른 여자에게 보내서라도 아들을 낳으려고 했지!"

입꼬리를 치켜올리며 천연덕스럽게 이야기하는 시어머니. 손자에 대한 집착이 대단한 여자. 3대 독자인 남편. 그에게 아들을 남겨 주지 않으면 안 된다고 못을 박아대던 그녀가 웃고 있다. 집

안의 대가 끊긴다고 나영만 보면 눈꼬리를 치뜨고 역정을 내던 시어머니 그녀가 나영이 보는 앞에서 천박하게 목구멍이 보이도록 입을 벌리고 웃고 있다. 게다가 나영의 손을 맞잡고 정말 고생했다고, 수고했다며 간도 쓸개도 다 줄 것처럼 말하고 있다. 표독스럽기만 하던 얼굴에 웃음을 담고 나영을 한없이 부드러운 표정으로 시어머니 그녀가 웃고 있다.

나영은 고개를 흔든다. 절대 이야기하지 않겠다고 스스로에게 다짐하고 또 다짐한다.

간호사가 들어왔다.

"산모님, 10분 후에 아기 면회 시간입니다."

간호사는 나영의 바이탈 사인을 체크하면서 친절하게 말해주었다.

"아이고, 고마워요. 에미야, 얼른 가자. 이 옷 걸치고 어서 가자."

시어머니는 나영을 일으켜 세우며 그녀가 입고 온 캐시미어 롱가디건을 나영이 어깨에 걸쳐주며 부축했다.

"엄마, 제가 할게요."

남편이 시어머니를 밀어내고 나영이 겨드랑이에 손을 넣고, 허리를 감싸안는다.

휘청.

갑자기 일어나서인지 나영이 제 자리에 주저앉으며 휘청였다.

"여보 다시, 잡아줘요. 다시."

나영은 휘청거리는 다리에 힘을 주지만 자꾸만 힘이 빠져나가는 것 같았다. 가슴은 두근거리고, 다리는 힘이 풀려 제대로 걸을 수조차 없었다.

"아무래도 에미야, 아범하고 우리만 다녀오마. 좀 더 누워 있어야겠다."

혼자 두고 간다는 시어머니의 말에 갑자기 정신이 번쩍 들었다.

"아니요, 어머니. 저도 아가가 보고 싶어요. 갈 수 있어요."

나영이 다리에 힘을 주고 슬리퍼를 발가락으로 당긴다.

"보호자분, 휠체어 타고 가세요."

곁에서 지켜보던 간호사 거들어 주었다.

"그래, 아범아 에미 좀 부축해라."

나영은 휠체어에 올라앉았다. 병실을 나와서 기다란 복도 끝 엘리베이터를 타고 내려가자, 신생아실이라고 적힌 안내판이 보이고, 안내판을 따라 몇 개의 통로를 지나자, 한쪽 벽면이 온통 커다란 유리로 만들어진 신생아실이 한눈에 들어왔다. 벌써, 몇 명의 산모들이 유리문을 통해 아기를 보고 있었다. 신생아실 출입구 초인종을 누르자 안에서 간호사가 산모 이름을 묻는다.

"이나영"

머리에 초록색 모자를 쓴 간호사가 아기를 안고 유리벽 쪽으로 걸어온다.

'이나영'

김진숙이 아닌 이나영의 이름으로 파란 팔찌를 차고 있었다. 가슴에서 커다란 덩어리 하나가 빠르게 올라왔다가 가라앉았다.

"아이고, 우리 대감 잘생겼다."

두 눈을 꼭 감고 자고 있는 아기의 모습이 이제 낯설지 않았다. 정말 나영이 자신이 낳은 아기라는 생각이 들었다. 가슴이 울렁거린다. 한번 만져보고 싶다는 욕망이 생각보다 더 강하게 솟구쳐 가슴을 미어지게 했다. 아기를 안고 당장이라도 젖을 물리고 싶다는 까닭 모를 모성이 너무 간절하게 일어났다.

'아가야, 아가!'

나영의 마음을 눈치챘는지, 유리벽 너머에서 간호사가 손짓을 한다. 간호사가 손짓한 곳으로 가자, 문이 열리고 나영을 부른다.

"이쪽으로 들어오세요."

시어머니와 남편도 따라 나선다.

"산모만 들어오세요."

순간이었지만, 나영은 시어머니와 남편을 따돌렸다는 생각에 기분이 좋았다. 마음이 한결 가벼웠다.

"너무 잘생겼어요."

간호사는 아기를 건네준다.

찌푸린 표정으로 꼭 감은 두 눈을 억지로 뜬다. 아기는 나영에게 초점 없는 눈을 짧게 맞춰주었다. 나영은 그 순간 눈물이 왈칵 쏟아졌다. 기쁨의 눈물이었다. 아무것도 두렵지 않았다. 미안하지도 않았다. 그저 이 세상에서 가장 아름답고 소중한 자기의 아가를 안은 엄마의 마음만 들었다. 나영은 품에 안긴 아기의 얼굴에 손가락을 갖다댄다. 아기는 손가락 쪽으로 그 작은 입을 벌렸다.

'아~!'

나영은 아찔한 현기증이 일었다. 난생처음 아기를 낳아 본 것처럼 가슴이 떨리는 환희를 맛보았다.

"이삼일 지나면 젖이 돌 거예요. 그때 모유 먹이세요."

간호사의 친절한 말에 나영은 현실 자각을 했다. 고개를 끄덕이며 조심스레 아기를 간호사에게 건네주었지만, 너무나 아쉬웠다.

'아가야, 내 아가!'

나영은 그렇게 잊고 있었다.

자신이 낳은 지아에 대해서도, 진숙에 대해서도……

그런데 지아을 만나고 나서부터 자꾸만 11년 전 그때가 생각났다. 잊고 있었던 그날의 기억이 나영을 괴롭히기 시작했다.

"엄마, 요즘 왜 그래요?"

"뭘?"

민호가 넋 놓고 있는 나영의 옆에 앉으며 말했다.

"엄마, 요즘 어디가 아픈 것 같아요. 밥도 거의 안 먹고."

민호는 정말 엄마가 걱정인가 보다. 또래 아이들보다 키도 크고, 생각도 깊은 민호는 엄마 나영의 이마를 손으로 짚는다. 나영은 민호의 손이 이마에 닿자, 갑자기 눈물이 왈칵 쏟아져서 어쩌지 못하고 있었다.

"엄마, 많이 아픈데. 머리가 뜨거워요!"

제 이마에 손을 갖다 대 보며, 나영의 이마에 다시 손을 갖다 댄다. 뜨거운데 손이 데인 아이처럼 입을 오므려 호호 부는 시늉까지 했다. 나영은 그런 민호를 보자니, 웃음도 눈물도 함께 쏟아졌다. 가슴이 미어져 나가는 것처럼 아팠다.

'아, 내 아들. 절대 널…….'

나영은 민호를 당겨서 가슴에 안는다. 눈물이 끝없이 쏟아진다.

"엄마, 그만 울어요. 많이 울면 머리 아프다면서, 엄마 병원 가요. 빨리빨리."

나영은 고개를 끄덕이며 민호를 바라보았다. 아이는 키우는 사람을 닮는다고 했던가? 민호는 나영도 닮았고, 죽은 남편도 닮아 있었다.

민호를 보던 나영의 눈에 지아가 비친다. 유난히 반듯한 지아의 이마, 금방이라도 눈물이 후두둑 떨어질 것처럼 말간 눈물이 고이던 커다란 눈망울의 지아가 생각났다.

'지아야, 미안하다. 지아야.'

거울 속에 비친 모습을 본다. 흘러내린 머리카락을 걷어 올리던 나영은 어릴 때 친정엄마가 늘 하시던 말씀이 생각났다.

'이마가 이렇게 반듯해야지, 여자는 잘살지.'

동그스름하고 뽀얀 이마.

'그래, 우리 지아도 잘 살 거야.'

한편.

민호가 엄마 손에 끌려가고 나서 지아는 몹시 서운하고 서러웠다. 온종일 혼자 남게 된 본부에서 엉엉 울었다.

"엄마~, 엄마~!"

지아는 있지도 않은 엄마를 불렀다. 한 번도 그렇게 엄마를 부르며 속 시원히 울어본 기억이 없는데도 지아는 엄마를 부르며 엎어져서 울었다. 그렇게 한참을 울던 지아가 눈물을 닦으며 돌아누웠다. 하늘을 향해서 돌아누운 지아의 눈에 바람에 밀려 떠내려가는 뭉게구름이 보인다.

'아, 구름은 좋겠다. 나도 구름처럼 바람과 함께……'

지아의 눈에서 눈물이 주르륵 볼을 타고 흘러내렸다. 지아는 손등으로 눈물을 훔치고 벌떡 일어나 앉는다.

"이지아, 울면 바보야!"

지아는 자기가 만화영화 캔디의 주인공 캔디 같다고 생각했다. 무슨 일이 있어도 쉽게 울지 않겠다며 제게 다짐한다.

"큰언니~!"

지아는 일부러 블록공장을 지나오면서 지민이 언니를 소리쳐 불렀다. 엄마라는 말 대신 큰언니를 불렀다.

"큰언니~!"

저를 부르며 숨을 몰아쉬고 있는 지아를 지민이는 빤히 보며 말했다.

"지아야, 목도리는 웬 거야?"

"아, 이거."

지아는 목도리를 더듬으며 말도 더듬는다. 선 듯 민호 엄마가 준 거라고 말할 수가 없었다.

"…이거…….."

우물쭈물하고 있는 지아를 보며 큰언니 표정이 점점 굳어지고 있었다.

"그러니까, 이거…….."

둘러댈 말이 생각이 나지 않는다. 지아는 머릿속이 하얗게 변해 버렸다.

"솔직하게 말해 봐."

지아는 대답 대신 고개를 끄덕인다.

"좋아 보여서 그래. 좋은 건데."

큰언니 지민이는 형사처럼 꼬치꼬치 캐물었다. 지아는 블록공장을 지나오다가 땅에 떨어져 있었다고 어설프게 둘러댔다.

"거기에서?"

사람들 발길이 뜸한 그곳에 값비싸 보이는 목도리가 떨어져 있었다는 지아의 말을 큰언니는 믿지 않는 눈치였다.

"참, 아버지 닮았다는 애는 왜 같이 안 왔어? 오늘 걔 만나러 간다고 했잖아."

"그게……."

지아는 민호 엄마가 민호를 데리고 급하게 서울 갔다고 말했다.

"그래."

"…다음에는 꼭 온다고 했어."

지아는 겨우 대답하고 큰언니를 피해서 방으로 얼른 들어갔다. 그리고 목도리를 풀었다. 여러 가지 색깔들이 화려하게 섞인 눈에 띄는 목도리였다. 목도리에 제 얼굴을 묻고 부비적했다.

'포근하고 진짜 예쁘다!'

민호 엄마 분 냄새가 목도리에서 맡아졌다. 지아는 지난번에 받은 숄을 꺼내 방안을 한참 두리번거리더니, 다시 제자리에 목도리랑 함께 넣고 서랍을 닫는다.

"다른데 둘 곳이 없네."

민호 엄마에게 받은 숄과 목도리를 자기만 아는 비밀한 곳에 숨겨두고 싶었다. 하지만 마땅한 곳이 눈에 들어오지 않았다. 한참을 방안을 서성이던 지아가 뭔가 생각이 났는지 얼굴에는 미소가 슬며시 번지며 손놀림이 빨라졌다. 지아는 이불장을 열고 아래 서랍을 급하게 연다.

'뒤적뒤적'

한참을 뒤적이더니, 실망한 얼굴로 한숨을 포옥 내쉰다.

"없다. 어딨지? 분명 여기에 둔 것 같은데……."

안방으로 쪼르르 달려간 지아는 아버지 장롱을 열었다. 그리고 서랍을 열고 또다시 뒤적이기 시작했다.

"찾았다."

하얀 종이 가방을 찾아 꺼낸 지아가 벚꽃잎 같은 하얀 치아를 드러내며 웃는다. 지난번에 아버지가 떠나기 전에 준 그 종이 가방이었다. 지아는 가방 안에서 빨간 원피스를 꺼내 들었다. 보물인 듯 종이 가방을 품에 꼭 안고 제 방으로 돌아왔다.

'됐다.'

지아는 숄과 목도리, 빨간 원피스를 종이 가방에 넣고 제 서랍 가장 아래 칸 제일 밑에 넣으며 주문을 왼다.

"나의 보물들!"

기분이 좋았다.

지아는 종이 가방 위에 손을 얹으며 웃는다. 종이 가방 위에 놓인 옷이 볼록 두드러졌다. 무슨 커다란 보물이 묻힌 곳을 혼자 알고 숨겨둔 것처럼, 기분 좋은 두근거림이 지아를 설레게 만들었다. 들뜬 마음을 일기장에 옮겨 놓아야 할 것 같아서 책상에 올라앉아 일기장을 폈다. 불쑥 민호 엄마 얼굴이 일기장에 겹친다.

'참, 예쁜 민호 엄마였어.'

'12월 20일 일요일 하늘 파란색 바람은 칼바람

오늘은 특별한 날이었다.

엄청, 엄청 슬픈 날이기도 했고, 새로운 느낌을 받은 날이기도 했다.

민호 엄마를 만났다.

세상에서 그렇게 예쁜 엄마가 있는 줄 몰랐다.

냄새도 꽃처럼 향기로웠고, 얼굴도 하얀 피부에 너무너무 예뻤다.

민호는 참 좋겠다. 그렇게 예쁘고 상냥한 엄마를 가지고 있으니 말이다.

민호를 서울로 데려가야 한다며 미안하다고 나를 꼭 안아주는데,

나는 눈물이 막 나올 것 같았고, 심장이 제 마음대로 쿵쿵거려서 미

치는 줄 알았다.

그런데 민호 엄마 심장소리도 쿵쿵, 쿵쿵 나처럼 뛰었다.

나를 안아주던 민호 엄마 심장소리가 느껴지던 그 순간이 잊혀 지지

않는다.

우리 엄마도 살아있었으면, 나를 그렇게 꼭 안아줄 때 그렇게 쿵쿵,

쿵쿵 심장소리를 냈을 테지.

우리 엄마 심장소리는 어떻게 들렸을까?

진짜 우리 엄마 심장소리가 듣고 싶다.

난······.

엥······, 슬프다.'

지아는 더 이상 일기를 쓸 수가 없었다. 갑자기 가슴에 싸한 바람이 가득 차서 숨길이 아프다. 그리움이 만들어졌다.

"숄 받았던 이야기도, 목도리 받았던 이야기도 쓰고 싶었는데······. 안 되겠다."

손등으로 눈물을 쓱 닦아내며 읽고 또 읽었던 책 '하이디'를 꺼내 다시 읽기 시작했다.

지아는 그리움이 짙어졌다.

민호 엄마를 만나고 나서부터 아니, 민호 엄마의 가슴에 안겨서 갑자기 터져 나온 설움을 느낀 뒤부터 지아는 가슴이 갑갑하면서 숨을 잘 쉴 수 없는 날이 많아졌다. 그냥 막연한 그리움이 생겨버렸다. 민호 엄마가 이마에 흘러내린 머리카락을 걷어 올려 주던 생각이 자꾸만 난다. 짧은 만남이었는데 지아는 이제까지 느껴보지 못했던 손길을 느꼈다. 그래서일까, 막연하게 자꾸만 그립다. 민호 엄마의 고운 얼굴이 아른거리고, 한 번도 보지 못했던 사진 속 돌아가신 엄마가 자꾸만 그리워졌다.

'아, 아파.'

지아는 가슴을 누른다. 가끔 그리움이 너무 커서 마음이 힘든 날은 가슴이 몹시 아팠다. 문득 지아는 이런 아픔을 어른들은 가슴이 아프다고 하나보다 하는 생각을 했다.

민호는 다시 찾아오지 않았다. 겨울방학이 다 끝나고, 봄방학이 되었는데도 민호는 지아 본부를 찾아오지 않았다.

"빨리 어른이 되고 싶다."

지아는 이제는 공부에 매달려야 할 것 같아서 어쩌면 본부엔 다시 오지 않을 수도 아니면 그 반대로 더 많이 올라와서 공부할지도.

"모르겠다. 아무튼 난 본부에 더 자주 올지도 모르겠다. 나만의 집이니까."

혼잣말 대장 지아는 온종일 혼자 묻고 답하고 혼자 종알종알 떠들고 있다. 이젠 버릇이 된 것마냥 학교에서도 집에서도 혼잣말을 한다. 지난번엔 학교에서 짝꿍 현지에게 한 소리 들었다.

"이지아, 네가 할머니냐? 그만 좀 혼잣말하라고."

짝꿍 현지가 톡 쏘아붙인다.

"헤헷"

멋쩍은 웃음을 흘리긴 했지만, 그런 말을 들을 때마다 가슴에서 싸한 바람이 불었다.

"웃긴. 너 꼭 할머니들 같아. 그만 해."

방금 들은 것처럼 귓전에 파고들었다.

❿
보고 싶다

시간이 빠르게 흘렀다. 열두 살 지아의 시계는 정신없이 빠르게 흘러가고 있었다. 그사이 여름방학이 되었고 민호도 다녀갔다. 민호 엄마도 함께.

"지아야, 이 머리띠 네가 하면 예쁠 것 같아서."

민호 엄마는 자꾸만 선물을 주고 갔다. 그런 지아를 언니들이 좋게 볼 것 같지 않아서 여간 신경 쓰이지 않았지만, 기분은 좋았다. 그도 그럴 것이 민호 엄마 손끝이 지아 얼굴로 와 닿을 때면 이상하리만치 따뜻한 손길에 심장이 터질 것처럼 두근거렸다.

'민호는 좋겠다.'

본부에서 맞는 두 번째 여름방학이다. 철둑 옆 지아본부는 지아에게 마법 나라다. 요란한 굉음과 함께 철길을 흔들며 기차가 지나가면, 지아는 바닥에 납작 엎드려 기차가 흔들어 놓은 땅의 소리를 담았다. 땅은 살아나서 제 말을 여기저기 깃발처럼 꽂는다. 웃자란 아카시아나무는 솟대처럼 양팔을 흔들고, 우후죽순으로 무성하게 자란 풀들은 초록빛을 사방으로 톡톡 터트리며, 점점이 그려지는 갈색 흙냄새까지 지아에게 고스란히 전해 주곤 했다. 누구에게 말할 수 없는 지아만이 느끼는 마법이었다.

여름방학이 끝난 지 몇 주가 지났다. 2학기 시험 준비하느라 지아는 하교하면 본부로 올라갔다. 다행스럽게도 아직까지 언니들은 아무도 본부에 대해서 알지 못했다.

"으아아아~!"

본부를 만들고, 민호를 만나고, 민호 엄마도 만나고…….

작년에 내겐 참 많은 변화가 있었네. 그러고 보니 아버지와도."

엎드려 공부하던 지아가 길게 기지개를 펴며 혼잣말을 했다.

문득, 코끝에 와 닿는 흙냄새는 다른 때보다 더 진한 갈색빛으로 점점이 그려졌다.

비냄새가 맡아졌다. 가방을 챙겨 본부를 나왔다. 비는 밤새 내렸다. 아주 오랜만에.

여름장마가 유난히 비도 없이 짧게 끝나는가 싶었는데 밤부터 주적주적 내리던 비는 아침이 되었는데도 여전히 내리고 있었다.

툭

투

둑!

일요일 네 자매는 툇마루에 걸터앉아서 떨어지는 낙수를 보고 있었다.

"비가 오니까 아버지가 보고 싶다."

지인 언니가 불쑥 말했다.

"아버진 언제 오실까?"

"설날 오셨다 가시고 안 오신 거지?"

둘째 언니 지은이도 아버지가 보고 싶은지 한마디 거들었다. 하지만 큰언니 지민이는 그저 하늘을 가만히 올려볼 뿐 별말이 없었다. 아버지가 보고 싶은 마음은 큰언니도 다른 언니들 못지 않을 텐데……. 지아는 슬그머니 일어나 제 방으로 들어왔다.

'그리움.'

지아도 가슴이 몽글몽글하게 그리움이 자리를 잡았다. 언니들처럼 아버지에 대한 그리움이 아니라서 무슨 잘못을 저지른 것 같지만……. 이제까지 한 번도 이런 기분은 안 들었는데 웬일인지 자꾸만 슬픈 생각이 가슴 깊이 파고들었다. 이유 없는 눈물이 자꾸만 쏟아져 나오기도 하고, 땅이 울리는 것 같기도 했다.

지아는 아버지 생각이 나지 않았다. 민호 엄마를 만나고 난 후부터 지아는 더욱더 아버지보다 이상하게 민호 엄마가 더 많이 보고 싶고 그리웠다.

"보고 싶다……."

가슴에 싸한 그리움이 쌓여갔다. 그 그리움은 가끔씩 숨을 턱

턱 막았다. 게다가 가끔씩은 온종일 민호 엄마의 따뜻한 손길과 쿵쿵 뛰던 심장 소리만 느껴져 눈물만 울컥울컥 올라오곤 했다.

"내가 왜 이럴까? 나는 참 나쁜 아인가 봐."

이런 마음을 언니들에게 들키지나 않을까 해서 지아는 전전긍긍했다. 열두 살이라는 나이에 맞지 않게 생각이 많아졌다. 그 때문에 잠을 잘 자지도 못했고, 아니 잠자기가 싫어졌다. 그냥 오도카니 앉아서 멍하게 있는 것이 더 좋았다. 그런 지아의 변화를 언니들은 알지 못했다. 그저 좀 늦게 자고 일어나는 가보구나 했을 뿐이다.

"무슨 가을비가 여름 장맛비처럼 뒤늦은 비가 이렇게 내렸담."

좀처럼 그칠 것 같지 않던 비가 그친 날이었다. 앞집 순이 할머니가 감자랑 옥수수를 한 바구니 삶아 가지고 왔다.

"어떻게들 지내니?"

네 자매는 모처럼 발걸음을 한 순이 할머니가 무척이나 반가웠다.

"그래, 밥은 잘 먹고 있니?"

"네."

순이 할머니는 집 안팎을 구석구석 살폈다. 합창이라도 하듯이 대답하는 네 자매를 기특하다며, 할머니는 찬찬히 네 자매의 얼굴을 들여다본다. 아버지도 없고, 엄마도 없는 집에서 별일 없이 잘 지내고 있는 네 자매가 기특하고 대견하다며 칭찬했다.

"아이구, 지아야 왜 이렇게 말랐니?"

지아와 눈이 마주친 순이 할머니가 지아의 이마를 짚어보면서 말했다. 순이 할머니의 따뜻한 손이 닿는 순간, 지아는 저도 모르게 눈물이 왈칵 쏟아졌다. 민호 엄마가 흘러내린 지아의 머리카락을 걷어 올려 주던 생각이 떠올랐다. 큰언니와 눈이 마주쳤다. 느닷없는 지아의 행동에 큰언니는 적잖이 당황한 표정이었다. 지아는 얼른 고개를 돌리고 헛기침을 몇 번 해 보였다. 그리고 슬그머니 일어나 방으로 가서 가방을 들고나왔다. 집에 있는 게 이제는 불편하고 낯설다. 언니들과 얼굴을 마주하기가 부담스럽다.

'미안, 모두 미안.'

블록공장을 지나 아주 오랜만에 본부로 갔다. 언니들에게 미안했다. 민호 엄마를 보고 싶어 하고 있으니 말이다.

오랜만에 가본 본부는 썰렁했다.

며칠 내린 비는 블록과 벽돌을 흠뻑 적셔 놓았고, 아카시아 나뭇잎이 비바람에 시달려 여기저기 떨어져 있었다. 결국 지아는 물이 흠뻑 젖은 바닥에 앉을 수가 없어서 본부 주변만 어슬렁거리다가 내려왔다.

'집으로 가기 싫은데.'

지아는 고개를 떨구고 작은 몸을 잔뜩 웅크린 채 천천히 걸었다. 블록공장을 지나, 민호랑 걸었던 그 길을 혼자 걷고 있었다.

지아는 제가 지금 그 길을 걷는 것조차 깨닫지 못하고 길이 있어서 그곳을 걷는 사람처럼 타박타박 그 길 위에 서 있는 표식처럼 느리게 걷고 있었다. 교통사고를 당할 뻔하기 전까지 말이다.

"야, 눈 똑바로 뜨고 안 다녀!"

놀란 지아를 뒤로 두고 트럭 운전자는 고함을 지르며 쏜살처럼 지나갔다.

해가 뉘엿뉘엿 저물기 시작할 때 집에 들어오는 지아를 보자, 큰언니 지민이가 걱정 반 짜증 반이 담긴 목소리로 다그쳤다.

"종일, 밥도 안 먹고 도대체 어딜 쏘다니다가 오는 거니?"

지아는 멈칫한다.

"아, 미안. 큰언니……."

놀란 눈으로 우두커니 서 있는 지아를 보며 찌푸린 표정을 짓던 큰언니가 부엌으로 들어가며 네가 밥 찾아서 먹으라고 했다. 지아는 밥 먹기 싫었지만 공연히 그런 말을 해서 지민이 언니를 더 화나게 하면 안 될 것 같아서 지아는 부엌으로 들어갔다. 옥수수가 있었다. 지아는 밥 대신 옥수수 한 자루를 들고 한 입 베어문다. 밥보다 옥수수를 좋아한 지아인데 옥수수알맹이가 까끌했다. 입에서 싫었다. 옥수수를 내려놓고 밥솥을 열었다. 밥 한 그릇이 밥솥 안에 놓여 있었다. 지아 밥인가 보다. 큰언니가 퍼 놓은 밥을 보는 순간, 눈물이 핑 돌았다. 가슴이 꽉꽉 막혔다. 뜨거운 것이 훅 올라와서 지아의 숨을 막았다. 지아는 부엌에서 나와 방으로 들어간다. 그냥 잠이나 자려는 생각이다. 방으로 들어가는 지아를 보고 큰언니가 등 뒤에서 화를 낸다.

"정말, 너 요즘 왜 그래? 밥도 안 먹고."

지아는 큰언니가 또 옛날, 아버지 계실 때처럼 지아를 차갑게 대할 것 같아서 마음이 조마조마하고 불안했다.

'언니, 미안해. 사실은 고마워서.'

지아는 이불을 뒤집어쓰고 누웠다. 자꾸만 눈물이 났다.

⑪
비밀을 알다

지아는 한기가 느껴지고, 몹시 추웠다. 몸에 열이 나는 것 같았다. 아래턱과 위턱이 서로 딱딱 부딪혔다. 아파도 마음 놓고 아파할 수조차 없다. 왠지 있을 곳이 아닌 데 있는 사람처럼 부담스러운 생각이 드는 가족들. 조금만 불편한 것 같으면 눈치가 보이고…… 서러운 생각에 지아는 눈물이 펑펑 쏟아졌다.

"흐, 어어엉~!"

이불을 뒤집어쓰고 어금니를 꽉 깨물었지만, 서럽고 서운한 마음은 점점 더 커졌다. 이불이 들썩거릴 만큼 울음은 멈추지 않았다. 마음 놓고 울기도 어려운 지아는 그렇게, 그렇게 울다가 잠이 들었다.

지아는 꿈을 꿨다.

바람이 무섭게 불어 대는 꿈. 바람은 삽시간에 모든 것을 사라지게 만들고 있었다. 지아는 그런 바람을 타고 있었고 바람은 불을 만들었다. 벌겋게 혀를 내민 붉은 불길은 삽시간에 바람을 따라서 여기저기로 옮겨붙기 시작했다. 그리고 지아의 치맛자락에 옮겨붙었다.

"아~, 안돼!"

지아는 외마디 비명을 지르며, 잠에서 깼다.

어스름한 어둠이 내리는 건지, 아니면 새벽이 희뿌옇게 밝아오는지 정확히 알 수가 없었다. 문밖은 어스름해져 있었다. 뒤척이면서 일어나려는데 몸이 너무나 무거웠다. 다리도 아프고, 팔도 아프고, 머리도 목도 모두 너무 아팠다. 몸살이 톡톡히 난 것 같았다. 지아는 이리저리 뒤척이다가 이내 다시 잠에 빠졌다.

'또 같은 꿈이다.'

다시 똑같은 꿈을 꾸고 있었다. 그런데 이번에는 지아가 어디론가 가고 있다.

외딴길.

아름드리 나무가 우거졌고, 잔풀이 무성한 숲속 한가운데 같았다. 이곳저곳을 살피고 가고 있는 지아 눈에 분홍빛 광대나물이 즐비하게 피어있는 모습이 보인다. 지아는 뒤 꼭지에 꿀을 달고 있는 광대나물 분홍 꽃을 따서 입에 넣는다.

"아, 안녕……!"

갑자기 호젓한 숲속에서 누군가 인사를 건넸다. 놀란 지아가 주위를 두리번거리지만 아무도 보이지 않았다.

"발밑이야."

하얀 남산제비꽃이 지아 발에 밟혀 있었다.

"발 좀 치워줄래……."

얼떨결에 발을 든다. 남산제비꽃이 몸을 바르르 떨었다.

"미, 미안."

'세상에 말하는 꽃이라니…….'

놀란 마음을 입 밖으로 뱉지 못하고 있는데 제비꽃이 말을 받는다.

"내가 말하는 게 아니고 네가 우리말을 들을 수 있는 거야!"

"말도 안 돼!"

제비꽃은 지아에게 인간들이 알지 못하는 세상이 있다는 것을 말해주었다. 인간들이 아는 거라곤 눈으로 보이고, 자기들 세상에서 검증이라고 하는 방식을 이용해서 해석 가능한 것들만 믿으려고 하는 집단적 기능상실종이라고 했다.

열두 살 지아에게는 어려운 말이지만 지아여서 알아들을 수 있는 말이기도 했다.

지아는 그렇게 숲속 나무와 풀과 꽃들과 벗하며 작은 오솔길을 따라 걸었다. 그때 갑자기 컹컹 익숙한 소리가 들렸다. 그 소리는 점점 가까워지더니, 지아 앞에 모습을 드러냈다.

"해리~!"

지아는 손을 뻗어 해리를 잡으려 하자, 손에 잡힌 건 해리가 아니라 털로 뒤덮인 개였다. 털뭉치 개는 지아를 지나쳐 껑충껑충 뛰며 누군가를 따라가 버리고, 그 뒤를 쫓던 지아 눈앞에 사진 속 엄마 진숙이 우뚝 선다.

"엄, 엄마, 엄마!"

지아는 반가움에 진숙의 품에 달려들었지만, 진숙은 아는 체도 하지 않고 지아를 지나쳐갔다. 지아는 울면서 진숙의 뒤를 쫓아 달렸다. 정신없이 엄마 진숙을 쫓아가던 지아 앞에 낯익은 개가 나타났다.

"해리, 해리야!"

민호의 해리였다. 지아가 해리를 껴안으려고 막 팔을 뻗는데, 조금 전 그 털로 뒤덮인 개가 쏜살처럼 나타나 지아를 막아서더니 해리랑 서로 잡아먹을 듯이 으르렁거리며 싸우기 시작했다. 날카로운 송곳니를 드러내고 서로 엉겨 붙어서 죽일 듯이 싸우는 모습은 너무너무 무서웠다.

'어떻게 하지? 어떻게 해?'

안절부절못하고 우왕좌왕하는 지아 앞에 민호가 나타났다.

"지아야, 겁내지 마. 이제 괜찮아."

민호의 말에 두려웠던 마음이 안심되면서 울음이 터져 나왔다. 어찌나 서럽게 울었던지 지아는 제바람에 놀라서 꿈에서 깼다.

'정말, 이상한 꿈이네.'

지아는 일어나 앉았다. 지인이 언니가 곁에서 자고 있었다. 주위가 깜깜해진 것을 보니 밤인 것 같다. 지인이 언니가 깰까 봐 살며시 자리에서 빠져나왔다. 종일 별로 먹은 게 없어서 배에서 꼬르륵 소리가 나고, 갑자기 일어나서인지 현기증도 약하게 일었다. 지아는 조심조심 까치발을 하고 부엌으로 갔다. 아버지 방에 불이 켜져 있었다.

'아버지!'

불 켜진 아버지 방을 아주 오랜만에 본다. 지아는 놀라움과 반가움이 뒤섞인 마음으로 조심스레 아버지 방 앞으로 갔다. 방안에서 두런두런 말소리가 새어 나왔다.

"아버지, 언제 오실 건데요?"

큰언니 목소리다. 아버지한테서 전화가 왔나 보다. 큰언니는 아버지랑 가끔 저렇게 전화했었구나. 지아는 공연히 방해될까 봐 가만가만 움직였다. 큰언니는 울고 있는지 잔뜩 잠긴 목소리가 자주 끊기는 것 같았다.

"그런데 아버지, 지아가 밥도 잘 안 먹고, 많이 말랐어요."

'언니!'

아버지에게 걱정을 털어놓는 큰언니. 지아 저를 그렇게 걱정하고 있는지 몰랐다. 지아는 몹시 미안해지면서 전화 너머 아버지도 보고 싶어졌다.

"아버지, 지아를 이제 그만 미워하시고,

우리를 봐서도 받아주시면 안 될까요? 우리 엄마가 낳은 우리 동생이잖아요."

눈물방울을 매달고 부엌으로 가려던 지아가 큰언니 말에 멈춰 섰다.

'무슨 말이지……?'

뜻밖의 말이었다.

"……엄마가 낳았잖아요. 엄마에게 무슨 말 못 할 사정이 있었겠죠."

지아는 도무지 무슨 말인지 모르겠다. 알아들을 수가 없었다.

"그건, 아버지……. 부정한 엄마의 아이라고는……. 아버지도 지아를 많이 사랑하셨잖아요. 엄마에게 그럴 사정이 분명히 있었을 거예요. 나는 엄마를 믿어요.

절대 그럴 우리 엄마는 아니에요. 아버지 제발……."

갑자기 심장이 몸 밖으로 튀어나와 뛰는 것처럼 쿵쿵댔다. 지아는 심한 현기증을 느꼈다. 숨은 턱까지 차오르고 가슴이 답답해서 죽을 것만 같았다. 정신을 차려야 했다.

'내가 아버지의 아이가 아니야. 부정한 엄마가 낳았다고…….'

큰언니가 한 말을 되씹었다. 아무리 되씹어도 지아가 해석할 수 있는 그 해석밖에 다른 해석은 없는 말이었다.

'도대체……, 왜, 왜, 아버지의 아이가 아니야. 내가?'

지아는 스스로에게 묻고 있다. 온 세상이 빙빙 돌았다. 깜깜한 어둠 속에서 지아는 하늘로 올라갔다가 다시 땅으로 곤두박질을 치고, 허공에 둥둥 떠다니는 것 같았다. 현기증이 일었다. 눈물이 볼을 타고 흘러나왔다.

'그래서, 그래서…….'

아버지가 갑자기 그렇게 미워하고 느닷없는 폭행을 저질렀던 그날들이 떠올랐다. 닥치는 대로 때리고 술을 먹던 아버지가 떠올랐다. 가슴이 터질 것만 같았다. 큰언니의 차가운 얼굴도 생각났다.

'큰언니는 모든 사실을 알고 있었어. 그래서 내게 그토록 매몰차고 냉정하게 굴었던 거야.'

지아는 비틀거리면서 마당으로 내려섰다. 이대로 이곳에 머무를 수가 없었다. 게다가 큰언니가 아버지와 전화 통화한 모든 내용을 다 들은 자기 모습을 들키고 싶지 않았다. 무서운 일이었다. 지아는 숨기고 싶었다. 지아는 어둠 속에서 허우적거리며 대문을 열고 나갔다.

'여기에 있다가는 들켜, 그건 안돼! 절대…….'

마음에서 속삭인다.

"나는 누구인가?"

"나는 이지아."

지아는 제 물음에 제가 답을 하며 비틀거리며 어두운 골목길을 걸었다. 한 곳밖에 생각나지 않았다.

'본부'

슬픔과 두려움, 설움에 쌓였던 지아는 본부에 들어서자마자 엉엉 울었다. 깡마른 작은 어깨를 들썩거리며 울고 또 울었다. 서러움이 얼마나 컸는지 멈추지 않았다. 바람도 우우소리를 내며 본부 깊숙이 들어왔다. 마치 바람도 지아를 따라서 우는 것 같았다. 바람이 지아의 어깨에 매달려 서러운 울음이 되었다가 뜨거운 손길이 되었다가 숨을 고르지 못하는 지아를 다독였다. 아무도 몰래 지아를 따라 움직였다. 울어도 울어도 끝나지 않는 울음을 지아는 쏟아내고 있었다. 서러운 지아, 지친 지아가 바닥에 눕는다.

　　"엉엉~, 엄마, 엄마~!"

　　지아는 생각난다.

　　늘 다정하고 따뜻하던 아버지가 어느 날 집을 나갔다가 새까맣게 탄 얼굴로 돌아온 그날, 그날부터 지아는 아버지에게 이유 없는 매질을 당했다. 그럴 때마다 물끄러미 그저 냉소적인 표정으로 보고만 있던 큰언니.

　　"내 잘못이 아니잖아. 그건 내 잘못이 아니잖아."

　　밉다! 지아는 몸부림을 친다.

　　"가족이 뭐 그래. 가족이 왜 그래."

　　아버지는, 아버지가 아니었고, 언니는, 언니가 아니었다. 가족이 아니었다. 지아는 서럽고, 억울했다. 그리고 모두 미웠다.

　　'이대로 죽어버릴 거야. 다시는 돌아가지 않을 거야.'

　　설움에 겨워 밤새 몸부림을 치던 지아가 쓰러지듯 잠들어 버렸다. 반바지와 민소매만 입고 차가운 바닥에서.

모두 미워~!

열에 들뜬 몸을 잔뜩 웅크린 체, 눈을 뜨지 못했다.

'잘됐다. 이렇게 아프다가 죽자!'

열두 살 아이의 생각이라고 하기엔 너무 무서운 생각이었다. 추위는 사라지지 않았고, 머리도 여전히 터질 것처럼 아팠다. 하지만 지아는 정말, 더는 살고 싶지 않았다. 아버지를 만날 용기도 언니들을 만날 용기도 없었다. 그리고 그보다 더 한 것은 아버지도 언니들도 너무 미웠다. 지난 몇 년 동안 지아가 겪은 고통과 공포는 너무나 컸다. 아버지는 어린지아에게 멈추지 않는 폭력을 끝없이 행사했고, 언니들은 그런 아버지를 그저 바라보기만 한 방관자들이었다.

'용서하지 않을 거야.

이대로 죽어버려서 다시는 용서하지 않을 거야~!'

간밤에 아버지와 전화하느라고 늦게 잔 큰언니 지민이는 늦잠을 잤다. 그런데 일어나 보니, 지아가 보이지 않았다. 이방, 저방, 화장실이며, 집안 곳곳을 찾아보았지만 지아가 보이지 않았다.

'아침 일찍 어디 간 걸까?

이따가 들어오면 혼을 좀 내야겠어. 도대체 요즘 왜 그러는지.'

큰언니 지민이는 벼르고 있었다. 그런데 아침이 지나고, 한나절이 지나도 지아는 돌아오지 않았다.

'어제도 종일 굶은 것 같았는데…….'

걱정되고 가슴이 두근거리면서 자꾸만 불안한 생각이 들었다. 정말 무슨 일이라도 생긴 걸까……?

"언니, 지아 찾아봐야 하지 않아."

"지아 어제 아무것도 안 먹고 잠만 자던데."

세 자매는 갑자기 조바심이 일면서 마음이 급해졌다. 아무래도 무슨 일이 생긴 것 같다며 발을 동동 굴렀다. 온 동네를 샅샅이 찾아봤지만 지아를 찾을 수가 없었다.

"지은아, 지아 방학 동안 비상 연락망 어디 있지?"

지아의 친구들을 찾아서 수소문하기로 했다. 그런데 지아 친구가 누구인지 아무도 몰랐다. 그제야 너무 지아에게 무관심했던 자신들을 돌아보았다.

겨우 찾아낸 비상연락망표를 가지고 친구들에게 지아가 지금 어디에 있는지 물었지만 아무도 알지 못했다.

지아는 어디에도 없었다.

"없어."

"왜 안 오는 거야. 도대체 어디 간 거야?"

큰언니 지민이는 걱정스럽던 마음에 화가 났다. 지아에게도 화가 났지만, 너무 무심했던 자신에게 화가 났다. 있을 때는 모르겠더니, 지아가 없으니까 집이 너무 휑하다는 생각까지 들었다.

'지아야, 어디 있니? 어서 돌아와!'

지민이는 기도하는 마음으로 지아를 기다렸다. 날은 저물고 있었다. 어느새 해는 지고, 어둠이 찾아왔다.

"언니, 경찰에 신고할까?"

지은이가 말했다.

"그래, 경찰에 신고하자."

"아니야, 내일, 하루 더 기다려 보고."

모두 기운이 없었다. 온종일 지아 찾느라고 정신없이 다니기만 했다. 밥도 제대로 먹지 못했다.

"밤인데, 지아는 도대체 어디 있는 거야."

지인이가 볼멘소리로 말한다.

'혹시……'

큰언니 지민이는 그제야 생각이 났다. 지난밤에 아버지와 전화를 너무 오래 한 것 같았다.

'지아가 통화내용을 들었을까?'

일찍 잠든 지아가 혹시 그 시간에 깨서 전화 통화를 들었을지도 모른다는 생각이 들자, 지민이는 머리가 빙빙 도는 것 같았다.

'만약에 그랬다면, 다 들었다면……'

지민이는 목덜미가 쭈뼛해지고 소름이 돋았다.

'지아야, 아니야, 그건, 모두 사실이 아니야.'

동생들에게도 사실대로 말할 수 없는 지민이는 밤을 꼬박 새웠다. 도무지 어떻게 해야 하는지 생각이 나지 않았다.

　　날이 밝고 아침이 되었지만, 지아는 여전히 돌아오지 않았다. 지민이는 지아가 있을법한 곳을 여기저기 찾아서 아침부터 돌아다녔다. 하지만 그 어느 곳에도 지아의 모습은 보이지 않았다. 감쪽같이 사라진 지아. 지민이 얼굴은 까칠했다.

　　지아의 작은 입술에서 가는 신음소리가 새어 나왔다.

　　'나는 누굴까? 누굴까?'

　　본부에 사는 바람아이.

　　민호가 했던 말이 갑자기 가물가물 떠오른다. 정말 바람의 아이였으면……. 지아는 갑자기 봇물처럼 터져나오는 알 수 없는 그리움이 있었다. 하지만 그 그리움의 끝이 어딘지 모르겠다.

⑫
지아에게 온 편지

세 자매가 안절부절못하며 반나절이 지날 무렵이었다.

우체부 아저씨가 편지를 가지고 왔다.

아버지의 소식일까 싶어서 세 자매는 얼른 달려 나갔다. 아버지 편지가 아니었다.

'이지아 앞.'

지아 앞으로 온 편지였다. 발신지가 서울이었다. 박민호라고 쓰여 있다.

"박민호?"

"박민호가 누구지?"

"아, 그때 지아가 말했던……."

둘째 지은이와 셋째 지인이가 편지를 다급하게 뜯었다. 편지를 펼치자, 사진 한 장이 툭 떨어진다. 바닥에 떨어진 사진을 주워서 들여다본다. 지아 또래의 남자아이가 제 엄마하고 찍은 사진이었다. 그런데 처음 보는 사람들인데 전혀 낯설게 느껴지지 않았다. 어디서 본 듯한 낯익은 느낌이 들었다.

"낯설지 않아."

지은이는 편지를 읽느라 지인이 말을 못 들었다.

"지인아, 여기 편지에 본부가 있대. 지아가 만든 본부가 있다는 대."

"어디?"

"여기, 여기 봐."

'지아야, 안녕!

나 민호.

우리가 만난 지도 벌써 1년이 지났네.

엄마랑 가끔 네 얘기하는데, 보고 싶다.

우리 엄마도 네가 참 예쁘다면서 보고 싶대.

지아야,

우리 본부 바람의 집은 잘 있는 거지?

언제 가도 참 멋진 본부야.

그렇게 멋진 본부를 만든 지아는 정말 대단해!

내 본부를 아직 만들지 못해서 아쉽지만 말이야.

갑자기 납작 엎드려서 듣는 기차 소리가 그리워.

너랑 엎드려서 기차 소릴 들으면 정말 기분이 좋은데.

더구나 지아는 기차 소릴 들으면 마법에 걸린다고 했지.

이상하게 나는 아직이야.

언젠가는 나도 마법에 걸리겠지!

지아야,

우리 엄마랑 찍은 사진 함께 보내.

혹시 우리가 보고 싶을까 봐. ㅋㅋ

내가 며칠 전에 엄마한테 찍자고 해서 찍은 거야.

내가 보고 싶을 때 봐.—그런 일 없을지도 모르겠지만, 헤 ㅋㅋ—

다음 방학 때 내려가면 큰언니가 끓여주는 라면 꼭 먹고 싶다.

그럼 잘 있어.

답장 꼭 해줘! 기다린다.

친구 이지아에게 박민호가'

"지아가 벌써, 남자 친구를 사귀었구나. 게다가 집에 데려오려고 했다는데."

지인이가 호들갑을 떨었다.

"가만히 좀 있어봐."

지은이도 요즘 지아가 부쩍 힘이 없었던 것이 민호라는 아이 때문이었다는 생각을 한다.

"그런데 큰언니는 어디 갔어?"

"지인아 언니는 이 박민호라는 애를 알고 있어나 본 데."

철둑 옆 본부!

둘째 지은이와 셋째 지인가 민호에 편지를 들고 본부를 찾아 나서기로 했다. 본부를 찾아서 막 일어서려는 데 큰언니 지민이가 축 처진 모습으로 대문을 열고 들어오고 있었다.

"지아 못 찾았어."

지민이 언니의 눈에서 굵은 눈물이 후드득 떨어졌다.

"언니, 지아한테 편지가 왔는데. 언니, 민호라고 알아?"

눈물이 그렁그렁 맺힌 큰언니가 눈물을 훔치며 말했다.

"뭐, 민호! 알아."

지인이 손에 든 편지를 낚아채 읽는다.

"본부에 있을지도 모르겠다."

누가 먼저랄 것도 없이 세 자매는 대문을 박차고 달렸다. 철길로 가는 길은 한 길밖에 없다. 블록공장을 지나 모퉁이를 돌면 바로 철길로 올라가는 오솔길이 나온다.

"그 좁은 길이 아직도 남아있을까?"

"안 올라간 적이 몇십 년은 된 것 같은데."

"네 나이가 몇 살인데 몇십 년이야."

툭하면 부풀려서 말하는 데는 따라올 자가 없다면서 그 와중에도 지은이가 지인이에게 면박을 준다.

"그렇다는 이야기지."

눈물이 그렁그렁한 얼굴로 동생들 이야기는 아랑곳하지 않고 큰언니 지민이는 편지를 움켜쥔 체, 달리고 있었다.

'맞아, 지아가 블록공장 공터를 오갔었지.

지난번엔 그곳에서 목도리도 주웠다고 했어.'

지민인 그제야 이것, 저것 생각이 났다.

잡풀이 우거지고 아카시아나무가 우거진 철길 언덕배기로 올라가던 지민이 눈에 숲 한가운데 구부러진 아카시아나무가 얼키설키 엮어져 도드라진 뭔가가 보였다.

'저기가 본부.'

본부 안으로 막 들어서던 지민이가 소스라치게 놀라며 소리를 지른다.

"지아, 지아야~!"

축, 늘어진 모습의 지아가 있었다.

'사, 살았을까?'

지민이는 무서운 생각이 들었다. 그리고 눈물이 펑펑 쏟아졌다. 지민이는 손을 뻗어 지아를 만져본다. 지아의 몸은 불덩이처럼 뜨거웠다. 게다가 축축하고 끈적한 땀까지 손에 배어 나왔다.

"…지아야."

세 자매는 말을 잇지 못했다. 축 늘어진 지아는 죽은 것처럼 꼼짝도 하지 않는다.

"지아야!"

"이지아!"

"눈 떠봐!"

지아를 이리저리 마구 흔들어 깨웠지만 축 늘어진 몸은 미동도 보이지 않았다.

"언니, 빨리 지아를 병원으로 데려가야 해!"

지은이가 지아를 일으킨다.

"지아야, 지아야, 미안해!"

지민이는 지아를 업고 본부에서 나왔다. 급하게 비탈길을 내려오던 큰언니 지민이는 지아를 업고 넘어지고 말았다. 하지만 내동댕이쳐진 지아는 아무 기척도 내지 않았다.

"지아야, 이대로 죽으면 안 돼! 언니가 미안해, 정말 미안해!"

지민이는 일어서서 다시 지아를 업고 달렸다. 지민이는 무서웠다. 이대로 지아가 죽을지도 모른다는 생각이 자꾸만 자꾸만 들었다. 철둑 비탈길을 벗어나 블록공장 빈 공터를 지나는데, 난데없이 어찌나 센 바람이 불던지 하마터면 지아을 업고 지민이는 또 한 번 넘어질 뻔했다.

'휘청~!'

지민이는 휘청거리면서 뒷걸음질을 쳤다. 그 순간이다.

"으으~."

업혀있던 지아의 입에서 가는 신음소리가 새어 나왔다.

"언니, 지아가 움직였어!"

"신음소리도 냈어."

"우리 지아 안 죽었어?"

지민인 있는 힘을 다해 경희의원으로 달렸다.

"지아야, 지아야, 조금만 참아!"

지민이는 무슨 정신으로 병원까지 달려왔는지 모른다. 병원에 도착하고 의사 선생님을 만나고 나서, 그제야 큰언니 지민이가 주저앉아 펑펑 소리 내서 울기 시작했다. 그 바람에 병원 사람들이 모여들었다.

"선생님, 우리 지아 살려주셔야 해요. 죽으면 안 돼요."

"동생은 폐렴 증세에 탈진상태를 보이니까 며칠 입원하면서 지켜봐야 할 것 같아."

의사 선생님이 말했다.

"우리 지아 살 수 있나요?"

의사 선생님은 빙그레 웃으면서 고개를 끄덕인다.

"좀 더 지켜봐야 확실히 알 것 같지만, 입원 치료하고 그러면 곧 좋아질 것 같구나."

의사 선생님의 말씀이 기적처럼 들렸다.

"고맙습니다."

"정말 고맙습니다."

큰언니 지민이는 그제야 참았던 숨을 뱉는다. 얼마나 가슴을 졸였는지 모른다. 그날 밤, 아버지에게 전화를 걸었다.

지아가 많이 아파서 입원했다고, 아버지가 빨리 집으로 왔으면 좋겠다고 말했다.

"아버지, 저 혼자 감당하기는 너무 힘들어요."

수화기 저편에서 아버지는 알았다고 했다. 며칠 안에 가겠다고 한다.

아버지와 통화를 끝낸 지민이는 오랜만에 마음이 편안했다. 그리고 지아에게 온 민호의 사진과 편지를 꺼내 본다.

'닮았다.'

지아에게 온 편지 속에 민호는 아버지와 참 많이 닮았다. 쌍꺼풀이 진 시원한 눈매와 짙은 눈썹, 선이 분명한 입술 그리고 우뚝한 콧날에 둥그스레하고 소담스런 콧망울까지.

지민이는 입을 다물지 못했다.

'어쩌면 이렇게 많이 닮았을까?'

곁에 선 민호의 엄마도 낯설지 않았다. 하얀 피부에 고운 얼굴이 어디서 많이 본 듯했다.

'두 사람 모두 낯설지 않아.'

누워 있는 지아를 보던 지민이 눈이 화등잔처럼 커졌다. 닮았다. 지민이는 등줄기가 오싹해졌다. 뭔가 크게 잘 못 된 것 같은 느낌이 들었다. 알면 안 되는 비밀을 알아낸 것처럼. 지민이는 사진 속 민호 엄마를 뚫어지게 보고 지아를 내려다보고, 또 사진을 보고 지아를 내려다보고.

'지아야!'

눈을 꼭 감고 누워 있는 지아는 사진 속 민호 엄마와 자꾸만 오버랩 되었다. 숨이 막혔다.

'둘이 닮았다.'

흡사하게…….

식구들을 별로 닮지 않은 지아였다. 그래서 지민이는 언제나 지아의 모습 어딘가에서 엄마의 모습을 찾으려고 애썼다. 하지만 지아의 얼굴엔 엄마도 아빠도 보이지 않았다. 그래서 더욱 아버지처럼 지민이도 지아가 속으론 몹시 불쾌했었다.

그런 지아가…….. 혼란스럽다. 이제 조금씩 안정이 되어가고 있는데 이건 또 무슨 일이란 말인가?

'아버지 빨리 오세요.'

⓭
아기가 바뀌었다

지아는 조금씩 건강해졌다. 이전보다 훨씬 더 어른스러워졌다. 애들은 아프고 나면 큰다고 하던 어른들 말씀처럼 지아는 몸도 마음도 아주 훌쩍 자랐다.

그렇지 않아도 말이 없는 지아였는데, 말은 아프기 전보다 훨씬 없어졌다. 말을 안 하는 사람처럼 그저 빙그레 웃기만 할 뿐이다. 만약에 의사 선생님 질문에 대답조차 하지 않으면 아마 실어증에 걸린 거라고 생각할 것 같았다. 지아의 그런 모습이 지민이는 낯설고 편치 않았다.

기다리고 기다리던 아버지가 오셨다. 아버지 얼굴은 많이 핼쑥하고 야위었다.

"지아는 어떠니?"

아버지 목소리는 안정적이었고, 많이 부드러워지셨다.

"이제 많이 좋아졌어요."

네 자매는 모처럼 아버지를 만나서 너무 행복했다. 그리고 지아는 이제 아버지를 이해하고 있었다. 하지만 비밀을 다 알고 아버지를 만나니 마음이 무겁다. 아버지는 다시 옛날처럼 지아에게 다정히 대하고 계셨다.

퇴원을 하고 집으로 돌아온 지민이는 아버지에게 민호의 사진을 건넨다.

"아버지, 이거 보세요."

지민이가 불쑥 내민 사진을 보던 아버지의 표정이 지민이가 그랬던 것처럼 굳었다.

"누구?"

이 사진 어디서 났느냐고 묻는 아버지 얼굴에 작은 경련이 일어났다. 입술이 가늘게 떨려 말도 더듬거렸다.

'지민이 아빠야, 이번엔 틀림없이 아들이야!

내가 임산부 몸을 잘 보는 건 알지. 내가 다 알아맞혔잖아. 저 배 모양은 틀림없는 아들 배야! 뒷모습도 영락없이 아들이고!'

갑자기 11년 전에 임신한 진숙을 보며 하던 순이 할머니의 말이 떠올랐다.

"이 사진 어디에서 구했어?"

지민이는 민호 편지를 건넨다. 아버지는 빠르게 편지를 훑고 지나갔다.

'박민호.'

"지아, 지아야!"

아버지가 다급하게 지아를 불러, 민호에 관해서 물었다. 언제 어떻게 만났는지, 민호가 몇 살인지 꼬치꼬치 묻고 또 물었다. 지아는 민호에 대해 묻는 아버지가 의아했지만, 사실대로 모두 말했다.

'애가 바뀐 게 틀림없어.'

"……"

그날부터 아버진 11년 전, 문 산부인과를 했던 의사를 수소문하면서 찾아다녔다.

한 달이 지나고, 두 달이 지났다.

좀처럼 문 산부인과를 했던 의사를 찾을 수가 없었다. 아버지의 실망을 이루 말할 수가 없었다.

'포기하자. 그래 포기하자. 지금에 와서 무엇을 어떻게…….'

그러던 어느 날이었다.

푸념하듯이 던진 말이었는데 그 말을 들은 마트 주인이 가끔 마트에서 생필품을 주문하고 배달을 요청하는 아주머니에게서 옛날 문 산부인과에 근무했었다는 말을 전해 들었다고 했다.

아버지는 한달음에 그 집을 찾아갔다.

"죄송하지만 꼭 좀 확인해야 할 일이 있어서 기억나는 대로만 말씀을 부탁드립니다."

너무 오래되어서 기억이 잘 나지 않는다고 했다. 하지만 그날 너무 특이상황이 많이 발생해서 기억 나는 일이 몇 가지 있다며 이야기를 시작했다.

"기억이 잘 나지는 않아서요. 하지만 그날 거의 동시에 두 산모분이 들어 왔는데, 두 산모분 모두 우리 병원에서 진료받은 기록이 없었어요. 게다가 한 분은 태아가 거꾸로 있는 둔위여서 난산을 겪고 있었지요. 자연분만이 어려워서 결국 제왕절개 수술을 해야 하는 상황이 발생했는데 보호자가 없어서 수술을 진행할 수가 없었어요."

진숙의 이야기였다. 이야기를 듣던 아버지는 고개를 푹 떨어트린다. 그날 서울만 가지 않았더라도 진숙을 그렇게 잃어버리지는 않았을 거라는 자책이 들었다. 난산에 수술까지. 진숙의 고통이 고스란히 느껴지는 듯했다.

"아, 아아아~ 진숙아……."

뜨거운 불길 속에서 얼마나 무섭고 고통스러웠을지, 가슴이 찢어지는 듯 아팠다. 쏟아지는 눈물을 주체하지 못하는 아버지에게 그 간호사분은 말을 이어갔다.

"다행히 수술은 안 했어요. 거의 두 산모가 동시에 아기를 낳고, 한 산모는 불길을 빠져나오지 못해서 그만 생명을 잃었고, 다른 산모분은 집이 서울이라서 서울 병원으로 이송되었지요."

그날 이후로 병원은 문을 닫았고, 그 간호사는 병원을 그만두었다고 했다.

"참, 시간이 꽤 지나고 함께 근무했던 간호사는 문 원장님이
새로 개업하자, 얼마 전까지도 원장님하고 같이 근무를 했다고
들었어요. 내일 한 번 연락처를 알아볼 게요."

"고맙습니다. 꼭 좀 부탁드립니다. 그럼, 내일 다시 찾아뵙겠
습니다."

인사를 하고 돌아서는 아버지는 쉽사리 발걸음이 떼지지 않
았다.

"참 좋은 원장님이셨는데 안타깝게 되었지요. 그날도 보호자
없이 수술이 어려운 상황이었는데 원장님께서 책임을 다 지겠다
며 수술을 하시려던 상황이었거든요."

아버지는 집 전화번호를 남겨 주고 돌아왔다. 더 이상 물을 수
도 없었다. 차마 입이 떨어지지 않았다. 아내 진숙이한테 미안하
고 부끄럽고 죄스러워서.

날이 밝자마자 이르게 전화가 왔다. 다른 간호사의 병원 연락
처를 알았다며 급하신 것 같아서 부랴부랴 전화했다며 전화번호
를 알려주었다.

"나갔다 오마."

아버지는 아침밥도 드시지 않고, 급하게 나가셨다. 이른 시각
인데도 병원은 임산부들로 붐볐다.

끔찍했던 그날을 생각하기 싫다는 간호사는 말을 이었다.

"아주 난산을 겪다가 수술 직전에 출산한 산모가 있었는데, 그 산모는 거의 파김치가 되어 정말 곧 의식을 잃을 것 같았는데도 아들을 낳았다니까, 그 소리에 아들이 뭔지 퉁퉁부어 웃어지지도 않는 얼굴로 웃다가 울다가 하더라고……요."

"동시에 들어왔다는 그 산모가 낳은 아이 성별은 어떻게 되는지……?"

아버지는 조심스럽게 물어보았다.

"기억이 없어요. 워낙 오래전 일이고, 그날 산모들도 많았고."

간호사는 긴 한숨을 뱉어냈다. 너무 끔찍해서 다시 떠올리고 싶지도 않았던 그날이라며 고개를 절레절레 저었다.

진숙의 마지막 모습을 전해 들은 아버지는 말문이 막혔다. 그렇게 고통스럽게 운명을 달리한 진숙에게 온갖 욕설을 퍼붓고 저주를 퍼부은 자신이 원망스러웠고, 한심해서 견딜 수가 없었다.

"혹시 진료기록이라도……?"

모두 불에 타 소실되었다고 들었는데도 아버지는 다시 확인을 했다.

"원장님께 여쭤봐야겠지만 그 화재로 병원 진료 기록들이 모두 소실된 걸로 아는데요."

아버지는 원장님을 만났다. 원장님은 문 산부인과 자료는 하나도 남아있지 않고, 더는 생각하기도 싫고 아무 말도 해줄 것이 없다고 했다. 11년 전 그날은 다시 기억에서 떠올리고 싶지 않은 일이라며 손사래를 친다.

'제대로 확인할 증거자료가 없다.'

"틀림없는 내 아들인데…….."

11년이 지난 지금 그 사실을 되돌릴 수있는 방법은 그 어디에도 없다는 것을 확인한 아버지는 맥없이 돌아왔다. 아무것도 얻어내지 못했다. 허탈한 표정의 아버지는 어쩔 수 없다는 말만 수도 없이 되뇌며 술만 드셨다.

"아이를 도둑맞은 것 같아…….."

며칠을 그렇게 멍한 모습으로 계시던 아버지는 서울로 올라가야 한다며 다시 짐을 챙겼다. 장롱 깊숙이 두었던 진숙의 목숨값이 든 그 통장도 꺼내고, 네 자매 몰래 챙겼던 지민이와 지아의 머리카락과 칫솔까지 꼼꼼히 챙겨 가방 깊숙이 넣었다.

"지민아, 이 주소 좀 옮겨 적어서 줘라."

아버지는 민호라는 아이가 보낸 편지봉투 주소를 받아 들고 몹시 쓸쓸한 얼굴로 대문을 밀고 나가셨다.

덩그러니 남은 네 자매.

아버지가 그렇게 훌쩍 떠나고 제법 시간이 흘렀다. 아버지는 아주 가끔 전화로 안부만 전하셨다.

몇 번의 여름도 지나고,

몇 번의 가을, 겨울도 지났다.

그리고 몇 번째의 봄이 다가오고 있었다.

그렇게 네 자매는 저희들끼리 살아가는 데 익숙해져 갈 무렵, 어느 날 밤에 아버지가 돌아오셨다. 몇 년 전 집을 떠나실 때 모습과는 다른 모습으로.

　　"지민이 대학교도 졸업했으니까, 이제 서울 올라가서 살면 좋을 것 같구나."

　　"네·에~?"

　　생각지도 못했던 아버지의 말에 네 자매는 선 듯 말을 잇지 못했다.

　　"이사요?"

　　"서울로요?"

　　한 번도 이사 갈 생각을 못 했다.

　　"그래, 서울로 가자!"

　　"지아 내년이면 고등학교 가야 하고, 갑자기 이사를 가면……."

　　"그러니까, 가자. 지아 서울서 고등학교 가면 되고, 지인이 대학교도 붙었으니 지금 서울 가면 딱 좋을 것 같아서 부랴부랴 집도 알아보고 계획을 세웠다."

　　아버지의 갑작스러운 말에 네 자매는 서로 얼굴만 바라볼 뿐 대답하지 않았다.

　　"서울에서 조그마한 가게가 딸린 집을 하나 장만했다."

　　"가게요?"

지인이가 왕방울만큼 커진 눈으로 아버지를 보며 묻는다.

"그래. 그러니까 서울로 가자. 이 집도 벌써 부동산에 내놓았다."

"집을요?"

지아는 태어나서 한 번도 이사 간 적이 없었다. 물론 언니들도 큰언니만 빼고 이사 다녔던 기억은 없다며 그날 밤 서울 가서 어떻게 살 건지, 제일 먼저 하고 싶은 일이 뭔지 서로 자기 생각을 털어놓으며 네 자매는 밤이 이슥하도록 잠을 청하지 못했다.

⑭
이래야 가족이지

서울이다.

열여섯 살 지아는 꿈에 그리던 서울로 부지불식간에 이사를
왔다.

'민호가 사는 곳.'

민호와 연락이 끊긴 지 꽤 오래되었다. 중학교 1학년 여름방
학을 끝으로 민호는 지아에게 오지 않았다.

'혹시라도 민호를 만날 수 있는 행운이 올까?'

넓고 넓은 서울에서 지아는 민호를 만날 수 있을 거라고 생각
한 자신이 어처구니없다는 생각을 했다. 게다가 행운을 바라다
니. 혼자 피식 웃는다.

시간은 빠르게 지나갔다. 새로운 환경에 적응하고 새로운 친
구들을 사귀느라 지아는 늘 긴장의 연속이었다. 게다가 서울 학
교 친구들은 어찌나 쌀쌀맞고 무관심한지 지아는 아이들 눈치 보
느라 일 년을 어떻게 지냈는지 제대로 기억도 나지 않았다. 하지

만 시간은 모든 걸 해결해주었다.

거울 앞에 선 지아가 마치 제 모습을 처음 보는 듯이 꼼꼼히 들여다본다. 하얀피부에 볼록하고 반듯한 이마, 살짝 내려간 눈꼬리에 작고 도톰한 입술. 지아는 거울 속 지아에게 입꼬리를 올려 인사했다.

"안녕, 고등학생 이지아!"

이제 곧 고등학생이 된다. 고등학교에 진학하면 그때는 새로운 아이들과 섞이게 되니까 지금처럼 힘들지는 않을 거라고 생각했다. 소그룹으로 나뉘어서 무리를 짓는 여자들 특성이 고스란히 묻어나는 여학교에 중간에 전학을 간 건 좋지 않았다. 이미 친한 친구들끼리 결속력이 생긴 그 틈을 내성적인 지아가 비집고 들어가기엔 녹록하지 않았다. 하지만 그 모든 상황이 꼭 나쁘지만은 않았다.

좋은 점이 있으면 나쁜 점도 있는 법이고, 나쁜 점이 있으면 좋은 점도 있는 법이다. 오히려 그런 상황이었기에 지아는 공부만 할 수 있었다. 지아는 열심히 공부했다.

성적이 좋은 지아를 아이들은 건드리지 않았고, 저희 주변을 기웃대지 않는 지아에게 관심을 두지 않았다.

'나는 좋은 대학에 꼭 갈 거야.'

사각사각.

'20**년 2월 20일 하늘은 맑고 바람은 차지만 어딘가에 숨은 봄이 느껴진다.

고등학교 입학이 얼마 남지 않았다.

다행히 아버지 사업이 잘되어서 걱정 없이 공부도 하고 대학도 갈 수 있을 것 같다.

나는 공부를 잘하고 싶다. 내가 원하는 대학도 가고 내가 원하는 삶을 살기 위해서.

열두 살, 그날 이후, 아버지 딸이 아닌 걸 안 이상 나는 지금 우리집이 내 집이라고 생각한 적이 없다. 지금 가족들과 언제까지 가족관계로 살아갈 수는 없을 거라는 생각을 줄곧 해왔다.

나는 무슨 일이 있어도 고등학교까지만은 이 집에서 다녀야 한다고 생각했다.

그다음은 내 힘으로 나의 인생을 살아야 한다는 생각뿐이었다. 하지만 지금은 생각이 조금 바뀌었다. 아버지 사업이 잘되어서 예전처럼 가난하지 않다. 대학까지도 무난히 우리집에서 졸업할 수 있을 것 같다.

이제 고등학교 올라가면 학원도 보내달라고 하고…….

나는 꼭 좋은 대학에 가서 의사 아니면 법조인은 꼭 되어야 한다.

작가가 하고 싶지만, 작가로는 나를 온전히 건사하기까지 시간이 많이 필요할 것 같기 때문이다. 일단은 보류다.

대학을 졸업하면 나는 독립할 거다. 그리고 취직을 하고 내 삶을 혼자서 꾸려 나가야 한다. 그러자면 나는 상위권 성적을 놓쳐서는 안 된다. 공부는 그런 나의 미래를 위한 유일한 밑천이다!

물론, 아버지도 언니들도 그 누구도 지금 나에게 눈치를 주거나, 힘들게 하지는 않지만, 나는 우리집이 언제나 불편하다.'

"휴~."

오랜만에 제 속마음을 빼곡히 옮겨 적으니 마음이 한결 가벼웠다.

시간은 흘러, 거리에 플라타너스 잎이 하나, 둘 떨어지고 1학년 기말고사가 끝난 날이다. 친구들과 떡볶이, 오뎅이랑 케밥으로 허기진 배를 채우고 평소보다 좀 늦은 시간에 지아는 집으로 돌아왔다.

다니던 직장을 그만두고, 커피전문점을 준비하느라 분주했던 큰언니가 지아를 불렀다.

"지아야. 이거."

"뭔데?"

지민이 언니가 지아에게 편지를 건넨다.

"문학에 살 때, 네 열두 살 때 말이야. 그때 네게 온 편지였는데 준다고 하면서 잊고 있었더라고. 오늘 가게 오픈 때 쓸 물건들을 찾다가 발견했지 뭐야. 늦어서 미안."

열두 살, 그때 온 편지였다. 애써 태연한 척했지만, 큰언니에게 편지를 건네받은 지아의 손은 파르르 떨고 있었다.

"바람의 집 본부 비밀을 알게 된 그날, 편지가 왔었구나. 민호에게서. 그래서…….

그래서 본부로 언니들이 왔었고, 나는 죽지 않고 살았구나. 그래서……."

지아는 놀라움과 까닭 모를 슬픔에 휩싸였다.

'왜 이제야 이 편지를 받아 들게 되었을까? 왜 이제야.'

제 방으로 들어와 민호의 편지를 조심스레 펼친다.

'지아야, 안녕!

나 민호.

우리가 만난지도 벌써 1년이 지났네.

엄마랑 가끔 네 얘기 하는데, 보고 싶다.

우리 엄마도 네가 참 예쁘다면서 보고 싶대.

지아야,

우리 본부는 잘 있는 거지?

언제 가도 참 멋진 본부야.

그렇게 멋진 본부를 만든 지아는 정말 대단해!

내 본부를 아직 만들지 못해서 아쉽지만 말이야.

갑자기 납작 엎드려서 듣는 기차 소리가 그리워.

너랑 엎드려서 기차 소릴 들으면 정말 기분이 좋은데.

더구나 지아는 기차 소리 들으면 마법에 걸린다고 했지.

이상하게 나는 아직이야.

언젠가는 나도 마법에 걸리겠지!

지아야,

우리 엄마랑 찍은 사진 함께 보내.

혹시 우리가 보고 싶을까 봐. ㅋㅋ

내가 며칠 전에 엄마한테 찍자고 해서 찍은 거야.

내가 보고 싶을 때 봐.ㅡ그런 일 없을지도 모르겠지만, ㅋㅋㅡ

다음 방학 때 내려가면 큰언니가 끓여주는 라면 꼭 먹고 싶다.

그럼 잘 있어.

답장 꼭 해줘! 기다린다.

친구 이지아에게 박민호가'

"쳇, 어순 틀린 거 봐라. 박민호."

지아 얼굴에 웃음이 어린다.

'사진?'

사진을 보냈다고 했는데 언니가 건넨 봉투엔 사진이 보이지

않았다.

'나중에 물어봐야지.'

사진에 대해서 궁금증이 몹시 일었지만, 큰언니 기분도 살피면서 천천히 확인해야겠다며 지아는 조바심 이는 마음을 추슬러 본다. 오랫동안 익숙한 지아만의 감정관리 습관이 재가동되었다.

오래되었지만, 겉봉투에 적힌 주소를 살피던 지아가 반색을 한다.

'아버지 회사랑 멀지 않은 주소네.'

"시간은 꽤 지났지만 언제 한 번 찾아가 볼까?"

지아는 갑자기 민호가 보고 싶어졌다. 환하게 웃는 그 얼굴을. 민호 엄마도.

들키지 않으려고 아무것도 아닌 듯이 곳곳이 구겨지고 군데군데 낙서까지 해 놓은 누렇게 변색 된 하얀색 종이 가방을 제 옷장 서랍 맨 밑에서 찾아 꺼낸다.

낯선 아줌마였던 민호 엄마가 둘러주었던 회색 숄. 그리고 민호를 서울로 데려가면서 미안하다고 연거푸 말하며 목에 둘러주던 색색이 어우러진 화려한 목도리. 지아는 두 보물을 얼굴에 가져다 부비부비해 본다.

'보고 싶다.'

시간이 너무 흘렀나 보다. 아버지가 꼭꼭 숨겨두고 감춰두었을 서류가 분명한데 그 서류가 큰언니 눈에 띄었고, 지아 눈에 띄고 말았다.

'**생명과학 연구소
유전자 검사 결과지'

지아와 지민이 동시에 보게 된 서류뭉치.
절대, 절대 봐서는 안 되는 서류뭉치였다.

'불일치 99.999%'
이지민, 이지아 유전자 검사 결과 99.999% 불일치라는 결과
가 빨간색으로 선명하게 인쇄된 서류뭉치였다.

"지아야……."
"아."
지아는 그 자리에서 도망치듯 집을 나와 걸었다. 걷고 또 걷고.
머리에서 윙윙 소리만 들릴 뿐, 그 어떤 소리도 들리지 않았다.
"나는 누구?
도대체 누구의 자식이란 말이지……?"
"도대체 이 불편한 집엔 어떻게 들어와서 살게 된 걸까?"
지아는 미쳐버릴 것만 같았다. 어디서 어떻게 풀어내야 하는
지 생각도 나지 않았다.

"그냥, 이대로 죽어버릴까?

아니, 내가 왜?

내가 왜 죽어!"

지난 시간들이 파노라마처럼 지나갔다. 언제나 힘들 때면 제일 먼저 떠오르는 아버지에게 학대받던 순간들이 지아를 더욱더 매몰차게 삶에서 멀어지고 싶은 충동으로 몰아가고 있었다.

눈물은 그칠 줄 몰랐다. 끝없이 흐르는 눈물을 주체하지 못하고 그 자리에 털썩 주저앉아 결국엔 엉엉 소리 내 울고 있는 지아 앞에 할머니 한 분이 바싹 다가와 앉는다.

"이렇게 곱고 이쁜 아가가 왜 이러고 있을까?"

눈물범벅이 된 얼굴로 지아가 할머니를 올려다본다.

"엄마도 가짜, 아버지도 가짜, 언니들도 가족 모두가 가짜…….

나는 누구일까요?"

"그런 사정이 있구나. 저기로……."

할머니는 지아를 부축해서 일으켜 세운다. 지아는 할머니가 이끄는 대로 느리고 느린 걸음으로 꽃향기가 가득한 곳으로 들어왔다. 밝지도, 어둡지도 않은 두 평도 안 되는 작은 공간이었다.

"자, 이것부터 마셔보렴."

할머니는 익숙한 손놀림으로 지아에게 풀 향 짙은 차를 내주었다.

"춥지 않은 날씨여서 다행이야.

그렇게 차가운 바닥에 더구나 사람들이 오가는 곳에 그렇게 있으면 안 되지.

그러다가 큰일 나지."

할머니는 지아를 물끄러미 보며 흘러내린 앞머리를 걷어 올려 준다.

"이마도 반듯하고 흠잡을 곳 없이 이쁘게 생겼네."

할머니는 꼽고 있던 실핀을 지아 이마에 꽂아 주며 말했다.

"이 세상에 태어난 사람들은 저마다 해원을 세우고 오지.

그리고 그 해원을 이루기 위해서 어떤 사람들은 많은 어려움을 겪기도 하고, 어떤 사람들은 쉽게, 쉽게 그 길을 가기도 하고 또 어떤 사람들은 해원을 이루기 위해서 와서는 도리어 또 다른 인연을 만들어 그 무게를 더하는 이들도 있지."

가만히 귀 기울이고 있는 지아를 바라보며 할머니는 말을 이었다.

"알아들었지. 알아듣지 못하는 사람이 이곳에 발 디딘 적은 이제까지 한 번도 없었으니까."

지아는 마음이 가라앉았다. 매일 다니던 길이었는데 이곳에 이런 찻집이 있었다는 것도 몰랐고, 오고 가면서 할머니도 한 번도 만난 적이 없다는 생각만 했다.

"오늘은 내가 일부러 나섰지. 그냥 두면 안 될 것 같아서 말이야. 혼자 잘하고 있으니까 자신을 믿고 지금처럼 잘하면 되지."

할머니는 이 문을 나가서 왼쪽으로 쭉 가면 왔던 길이 보일 거라면서 빨리 집으로 돌아가라고 했다. 집에서 기다리는 사람이랑 모든 걸 속시원하게 숨기지 말고 상의하라고 말해주었다.

"그리고 앞으로 그렇게 길 한가운데 울면 안 돼."

"……."

할머니가 열어준 문밖으로 나왔다. 눈부셨다. 할머니가 일러준대로 왼쪽으로 걸었다. 집으로 가는 길이 보였다.

"지아야!"

큰언니가 지아를 꽉 안아주었다.

"나도 몰랐어. 지아 얼마나 놀랐을까?"

큰언니는 지아에게 언니가 알고 있는 모든 걸 솔직하게 말하겠다며 건강검진 기록표 사건부터 그동안 아버지와 나누었던 모든 이야길 해주었다.

"하지만, 유전자 검사를 했을 거라고는 생각지도 못했고, 진짜 몰랐어."

큰언니 눈에 눈물이 고였다.

"미안해. 지아야. 정말, 미안해."

지아는 목이 막혀서 말을 할 수가 없었다. 그저 눈물만 쏟아졌다. 큰언니는 아버지가 민호가 보낸 사진을 보고 당신이랑 많이 닮은 민호가 어쩌면 엄마가 낳은 아이가 아닐까 생각한 것 같다며, 아버지는 그 무렵 문 산부인과 화재 사건 당시 근무했던 간호사며 의사 선생님을 만났다는 이야길 들려주었다.

"아마, 아버지가 그때 무슨 이야길 들은 것 같아."

"그런데……언니, ……다른 언니들도 이 사실을 알아?"

"아니, 모를 거야. 몰라. 지금 아버지와 나만 알고 있었고, 유전자 검사는 나도 모르는 일이었어."

큰언니는 조금 전 아버지 회사에 다녀왔다며 아버지도 지아가 알았다는 사실에 깜짝 놀라셨다고 했다. 그리고 그 서류뭉치는 파쇄기에 넣고 파쇄했다고 말했다.

"큰언니……."

지아는 큰언니 지민이 품에 안겨서 그동안 참았던 울음을 토해냈다. 그리고 속마음을 털어놓았다. 그렇게 지독하게 공부만 했던 건 독립을 하기 위해서였고 언제나 집이 너무나 불편해서 집에 있으면 숨이 막혀서 도서관으로 학교로 다른 애들보다 더 오래 있다가 왔던 일들 모두 말했다.

"휴우~!"

퉁퉁부은 얼굴에 빨간코 지아.

"지아야, 정말 미안해. 하지만 이제는 누가 뭐래도 넌 우리집 막내야.

그러니까 기죽지 말고, 눈치 보지 말고, 너 하고 싶은 대로, 원하는 대로 요구하면서 맘대로 하고 살아!"

큰언니는 지아에게 따라 해보라고 했다.

"이래야 가족이지!"

"이래야 가족이지!"

속이 후련했다. 속을 비워낸 탓인지 지아는 비로소 여리디여
린 여학생의 면모를 드러냈다.

시간은 빨리도 흘렀다.

"지아, 악바리는 어디로 가고. 지금 저 모습이 우리가 알던 지
아가 맞아?"

둘째 언니 지은이와 바로 위 지인이 언니가 틈만 나면 지아를
놀려댔다.

⓯
운명의 장난

그 무렵 어느 날이었다.

"나, 결혼하고 싶은 사람이 있는데……."

느닷없는 아버지의 결혼 이야기다. 뜻밖의 말에 네 자매는 몹시 당황해하며 말을 하지 못했다.

"아버지…….

"그러면 우린 어쩌고."

지인이가 잔뜩 울상이 된 얼굴로 아버지를 본다.

"아버지 지금 행복한데, 새엄마 들어와서 안 좋아지면……."

지은이도 아버지 눈치를 살피면서 조심스레 말한다. 일순간, 아버지의 표정이 굳어졌다.

"너희들이 싫다면 어쩔 수 없지……."

부스스 일어나서 아버지 방으로 들어가시는 모습이 오늘따라 유난히 쓸쓸해 보였다.

그날, 네 자매는 밤새도록 생각에 생각을 거듭했다. 어떻게 하는 것이 최선의 선택일지.

"내 생각은 일단 아버지 여자 친구까지는 인정하기로 하자. 너무 오랫동안 혼자 사셨잖아."

큰언니 지민이가 먼저 무겁게 입을 뗐다. 아무도 말하지 않았다. 그날 네 자매는 그렇게 밤새 서로의 의견을 주고받으며 새벽녘에야 겨우 잠들었다.

아침 밥상에서 퀭한 얼굴에 빨갛게 충혈된 네 자매의 모습을 본 아버지는 어제 이야기는 없었던 걸로 하겠다고 신경 쓰이게 해서 미안하다며 겸연쩍은 표정을 지으며 말했다.

"아니에요, 아버지. 결혼까지는 저희에게 조금 더 시간이 필요할 것 같지만, 여자친구까지는 괜찮을 것 같아요. 그리고 언젠가는 결혼하셔야죠!"

큰언니 지민이는 혼자 생각을 마치 네 자매 모두의 생각처럼 말해버렸다. 아무것도 결정 안 된 상태였는데 갑자기 그렇게 말해버리자, 모두 어안이벙벙한 표정이 되어버렸다. 하지만 아버지는 달랐다. 금세 입가에 웃음을 흘리면서 네 자매의 얼굴을 번갈아 본다.

"정말, 정말 그래도 되겠니?"

당황하긴 했지만, 반색하는 아버지의 표정에 더는 반대할 수 없다는 생각이 들었다.

"예 아버지. 17년이나 혼자셨으니 이제 좋은 분 만나셔야죠!"

큰언니의 너스레에 아무도 동조하지는 않았지만, 아버지의 여자 친구에 관한 이야기는 자연스러워졌다.

그 이후로 아버지는 틈만 나면 여자 친구분에 관한 이야기를 했다.

"세상에 그렇게 고운 사람은 없을 거다."

아버지의 말대로라면 하늘에 천사가 땅에 내려온 것 같았다. 아버지는 많이 바뀌었다.

5년 전, 아이가 바뀌었다는 생각에 괴로워하던 아버지였다. 게다가 그렇게 원망하던 아내 진숙이 참혹하게 생을 마감한 이야기를 마주하자 아버지는 괴로움에 일만, 일만 했다.

'장례지도사'

아버지 직업은 장례지도사였다. 고인을 애도하며 유가족들을 위로하고 장례 절차를 대신 밟아주며, 설명해 주고 안내하는 일을 아버지는 그 누구보다 정성껏 최선을 다했다. 사람들은 그런 아버지를 찾았고, 아버지는 그 분야에 있어서 최고였다. 그러던 어느 날이었다. 바쁜 일정을 모두 마치고 잠시 밖으로 나온 아버지는 장례식장 한쪽 귀퉁이에서 헛구역질을 하며 힘들어하는 여자분을 보았다. 그런데 공기 빠진 풍선처럼 여자는 맥없이 그 자리에서 쓰러지고 말았다.

"여보세요~!"

아버지는 119를 부르고 사람들을 부르며 의식이 없는 여자에게 CPR을 시행하면서 최선을 다했다. 곧이어 구급차가 도착하고 여자는 병원으로 이송되었다. 그 사건이 아버지와 여자 친구의 첫 만남이었고 그 이후, 두 분은 서로의 속내를 드러내며 가까워지게 되었다고 했다.

"그렇게 만나셨구나. 운명적 만남이었네요."

지은이 눈동자를 초롱초롱 빛내며 아버지 이야기에 귀를 기울였다.

"아버지, 그분은 자식이 몇 명 있어요?"

"그게 이야기가 긴데."

아버지는 여자 친구분에 관한 이야기를 시작했다. 지금은 아들 하나와 둘만 살고 있다고 했다.

"우리처럼 딸 셋에 아들 하나였는데, 아들이 세 살이 되던 해에 남편이 돌아가셨다 더구나."

"세상에."

지인 언니는 미간을 찌푸리며 말했다.

"어, 그런데 딸이 셋이라고 했는데 왜 아들하고만 살아요?"

"그게……."

아버지는 네 자매를 둘러보며 잠시 망설이다가 말을 잇는다.

"5년 전, 쓰러지던 그날, 우리 장례식장에서 딸 셋하고 시어머니 상을 치렀다고 하더구나."

작은 회사를 운영했는데, 그날, 가족여행을 가기로 한 날이었다고 했다. 딸들은 할머니 모시고 먼저 가서 장봐서 음식도 장만하고 식구들 다 모이는 저녁에 이벤트 준비한다고 먼저들 출발했었는데 그만 음주운전 트럭과 정면충돌하는 바람에 모두 그 자리에서……. 아버지는 말을 더 이상 잇지 못했다.

"……."

너무 놀란 지아는 손으로 입을 막았다. 아버지는 지아 등을 쓸어주었다.

"……."

한참 동안 네 자매는 아무도 말하지 못했다. 세상에 그렇게 슬픈 이야기는 없을 것 같았다. 남편도 사고로 잃고, 나머지 가족들도 모두 사고로 잃어버린다는 게 너무나 참담했다.

이상하게 가슴 저 밑바닥부터 슬픔이 솟아올랐다. 지아는 저도 모르게 눈물이 쏟아졌다.

"지아야, 지아야."

뜻밖에 펑펑 우는 지아를 보고 가족들은 당황했다. 하지만 울음을 멈출 수가 없었다.

"죄, 죄송해요.

너무……,

슬프은 이야기라서……."

네 자매는 아버지 여자 친구가 그처럼 슬픈 일을 겪은 사람이라는 말에 동정심이 생겼고 빨리 보고 싶어졌다.

"아버지, 그분이 궁금해요. 언제 만날 수 있어요?"

"이제 곧 만나야지. 그런데 문제가 있단다."

"문제요?"

"아들이 반대한다고……."

아버지는 풀죽은 목소리로 얼버무렸다. 네 자매도 당분간은 모른 체 하기로 했다.

오랜만에 가족들은 외식을 하기로 했다. 크리스마스가 가까워지는 종로 거리는 사람들로 붐볐다.

"아버지, 그 여자 친구분 언제쯤 인사시켜 주실 거예요."

"글쎄다."

지아네 가족은 좀 비싼 곳으로 식사하러 왔다. 딱 일 년에 한 번 아버지는 크리스마스가 가까워지는 연말이면 네 자매를 데리고 이곳으로 왔다.

'반줄'

오렌지색 조명에 슈트를 깔끔하게 차려입으신 총지배인님의 안내를 받아 원탁 테이블에 앉았다. 아버지 연배쯤 되어 보이는 총지배인님은 정말 신사시다. 네 자매는 누가 먼저랄 것도 없이 지배인님을 보며 명랑한 인사를 한다.

"메리 크리스마스 총지배인님!"

"멋지셔!"

A코스를 시키고 스파클링이 살짝 가미 된 하이트 와인까지 주문하고 네 자매의 수다는 시작되었다.

"총지배인님, 에스프레소 한 잔 가능할까요?"

언젠가부터 커피전문점을 오픈한 큰언니는 가는 곳마다 에스프레소 한 잔을 시켜 기미했다.

"훗, 큰언니 멋져!"

지아가 큰언니를 향해 엄지를 치켜세운다.

시끌벅적한 저녁을 한창 먹고 있는데 총지배인님이 아버지 귀에 살짝 말씀을 전한다.

"사장님, 가끔 함께 오시던 여사장님께서 저쪽 테이블에서 식사하고 계십니다."

다 들렸다. 네 자매의 시선이 일제히 총지배인님이 가리킨 테이블을 향했다. 은은한 오렌지 등으로 가려서 실루엣만 확인 가능했다.

"아들이랑 같이 오셨나 봐."

호기심 많은 둘째 지은 언니가 연신 흘끔거린다.

"지은아, 그만둬."

큰언니가 말렸지만 아랑곳하지 않는다.

"지은아, 실례다."

급기야 아버지까지 나섰다.

"나는 궁금한데."

지은이 언니는 급기야 화장실 다녀오겠다며 그쪽 테이블 가까이 쓰윽 다가가 화장실로 향했다. 그 모습에 경악을 금치 못한 사람은 아버지였다. 아버지 눈이 그렇게 큰 줄 지아는 처음 알았다.

"언니, 너무 예쁘게 생기신 것 같아.

음, 그런데 어두워서 정확히 못 봐서 그런지는 모르겠지만 낯설지 않은 것 같았어."

"뭐어?"

떼창이 되었다. 당황한 큰언니가 바로 말을 받는다.

"원래 식구가 되려면, 인연이 있으면 비슷하게 보인다고 하잖아."

아버지는 평정심을 잃은 것처럼 보였다. 허둥대는 것 같기도 하고.

"잠깐, 다녀와야겠다."

아버지는 총지배인을 부른다.

"저기 테이블과 우리 테이블 계산해 줘요."

아버지 카드를 받아 간 총지배인은 그쪽 테이블에 가서 아버지가 계산을 마쳤다는 사실을 알렸다. 당황해하는 그분이 자리에서 일어나 묵례를 한다. 네 자매도 동시에 일어나 묵례를 했다. 아버지도 함께.

"아버지 오늘 마주쳤는데 이따가 차라도 함께 하면 좋지 않겠어요?"

큰언니가 제안을 했다. 하지만 아버지는 다음 기회에 자리를 마련하자며 오늘은 이렇게 끝내자고 한다. 그때, 누군가 저벅저벅 테이블로 걸어왔다.

"저, 실례하겠습니다."

"아……."

당황한 아버지가 엉거주춤 일어섰다.

"저는 이나영 님의 아들 박민호입니다."

'뭐?'

짧은 순간이었지만 지아는 아찔한 현기증이 났다.

"인사 올립니다."

"바, 박민호!"

고개를 숙여 인사를 하던 민호가 깜짝 놀라며 지아와 눈이 마주쳤다.

"나, 문학에서 살던 지아!"

키가 훤칠하게 큰 민호는 이제 어른 같았다. 목소리도 변성기를 거쳤는지 허스키에 두꺼운 중저음 소리를 내고 있었고, 키는 180센티미터는 넘어 보였다.

"지, 지아야, 네가 어떻게 여기."

"나, 서울로 이사 온 지 2년 넘었어. 우리 가족이야. 아버지하고 언니들."

민호는 정말 놀랐나 보다. 휘둥그레진 눈이 좀처럼 제자리를 찾지 못하고 한동안 지아네 가족들을 훑고 있었다.

"오오오~, 그 박민호."

"지아 남자 친구였던. 아, 차차차……."

실수했다는 것을 눈치챈 지인이 언니가 화장실 간다며 자리를 피했다. 아버지는 네 자매와 민호가 안면이 있다는 사실에 적잖게 놀란 표정이었다.

"서로 아는 사이들이니?"

"아버지……, 그게 지아 친구, 그 편지……."

큰언니 지민이 두서없이 이 말, 저 말로 설명을 했다.

"자, 앉게."

아버지는 민호에게 자리를 양보했지만, 민호는 한사코 사양하며 총지배인을 불러 의자 하나를 부탁했다. 그렇게 민호까지 합석하고 시간이 꽤 흘렀다.

"아, 이럴 게 아니라, 장소를 옮기자."

아버지는 그제야 민호 엄마가 생각났는지 부랴부랴 일어선다. 그런데 민호 엄마가 앉았던 자리는 텅 비었다.

"민호, 엄마 어디 가셨니?"

제 자리에 돌아온 민호가 엄마에게 전화를 건다. 하지만 엄마 나영은 전화를 받지 않았다.

"아무래도 저도 집에 가야 할 것 같아요. 다음에 뵙겠습니다. 지아야, 또 만나!"

미처 지아가 제대로 인사를 받지도 못했는데 민호는 반줄을 빠져나가고 없었다.

"세상이 이렇게 좁아도 되는 거야!"

"그러게."

"여기서 그 아이를 만나고, 아버지가 만나는 분이 걔들 엄마였다니……."

"이게 실화니?"

둘째 지은이와 셋째 지인이는 주거니 받거니 하며, 이런 일은 상상하기도 어렵고 이런 우연은 천만 분의 확률로밖에 표현할 수가 없을 거라며 호들갑을 떨었다.

그런데 이 둘을 제외한 큰언니랑 아버지, 지아는 말하지 않았다.

"왜들 말을 안 해?"

"너무 충격이 큰 거야?"

지은이는 오히려 잘 되었다며 반대하는 아들이 민호라면 쉽게 해결되었다며 손나팔을 만들어 호기롭게 소릴 질렀다.

"아버지 축하드립니다. 이제 곧 새신랑이 되시겠어요~!"

큰언니가 지은이에게 눈총을 준다.

'그런데 나영 씨는 도대체 왜 이런 좋은 기회를…….'

아버지 머릿속은 복잡했다.

엄마 나영을 따라 부랴부랴 달려 나간 민호는 엄마를 놓쳤다. 혼자 집으로 돌아가면서 뜻밖에 만난 지아 가족들 모습이 떠올렸다.

'지아, 많이 컸네. 여전히 말라깽이지만.'

"엄마는 왜 그 자리를 피했어요? 그보다 좋은 기회는 없었을 텐데."

민호는 빈정거리는 듯이 말했다.

"민호 말씨……, 엄마 화날 것 같으니까, 조심하자."

나영은 민호 입을 막고, 씻으러 들어갔다.

'아, 지아, 지아야…….'

간신히 견디고 참으며 잊고 있었던 이름이었다. 도대체 이 무슨 운명의 장난이란 말인가? 나영은 차라리 이대로 영원히 눈을 뜨고 싶지 않다는 생각을 했다.

나영은 민호가 지아네 테이블에 가서 환영을 받자, 나영도 가서 자매들과 인사를 나눌 생각으로 자리에서 일어났다. 그런데 그 순간.

"바, 박민호~!"

민호 이름이 들렸다.

"나, 문학에 살던 지아!"

'지아!'

뒷 목덜미가 쭈뼛해지며 등골에서 땀이 배어났다. 현기증이 일었다.

'세상에⋯⋯.'

나영은 이 자리에서 무조건 도망쳐야 한다는 생각밖에 안 들었다. 지아와 마주칠 자신이 없었고, 지아 아버지를 마주할 자신도 없었다.

"신이시여!

또,

어떻게 제게 이런 상황을 만드시나요⋯⋯."

원망할 수 없지만 원망이 되었다.

'세상에 공짜는 없는 거군요.'

나영은 괴로워 죽을 것 같았다. 이대로 영원히 깨어나지 않았으면 좋겠는데. 민호는 또 민호는 어떻게 해야 한단 말인가?

'미안해, 미안해⋯⋯.'

나영의 잘못을 신은 용서하지 않았다. 남편을 그리고 아이들을 모두 빼앗아갔다. 단란했던 가정이 송두리째 무너지고 이제 겨우 민호 하나만 붙잡고 가려고 하는데 이게 또 무슨 신의 장난 같은 현실이란 말인가?

'제발, 제발 용서해 주세요!'

씻겠다며 들어간 엄마가 한참 동안 나오지 않자, 민호는 엄마 방 문을 열었다. 씻는 다던 나영이 바닥에 쓰러져 식은땀을 흘리며, 신음하고 있었다.

"엄마, 엄마~!"

민호는 엄마를 일으켜 세워 침대로 부축해 갔다. 한겨울인데도 나영은 온몸이 축축하도록 땀에 흠뻑 젖어 있었다.

"엄마, 죄송했어요. 지아네라면 괜찮을 것 같아요.

그러니 아저씨랑 엄마 원하는 대로 하세요."

민호는 나영이 어깨까지 이불을 덮어주며 말했다.

'아니야, 절대 그럴 수 없어. 민호야.'

나영에게 운명의 장난이라고 하기에는 너무나 가혹했다.

⑯
진실

    겨울방학이 시작되었다. 지아는 분주했다. 이제 고등학교 2학년이 되면 목표를 정확하게 설정해야 한다. 일단 지아는 의대를 목표로 하고 계획을 세웠다. 민호도 꽤 성적이 좋았다. 둘은 잘 맞았다. 함께 도서관에도 가고, 뜸해진 아버지와 엄마 문제를 해결하기 위해서 의견을 모으기도 했다.

    언젠가부터 곧 결혼할 것처럼 보였던 두 분이 점점 만나는 횟수도 줄어드는 것 같더니 요즘은 아예 만나지 않는 눈치였다.

    그 때문인지 아버지는 말수가 확 줄었다. 아예 회사에서 주무시고 집에는 잘 들어오시지도 않았다. 아버지는 무엇 때문인지 말씀은 안 하시지만 무슨 고민이 있는 것 같았다.

    "아버지, 회사 일이 잘 안 풀려요? 요즘 회사 사정이 어려워요?"

    "아니다. 공연한 걱정하지 않아도 된다."

    다행이라며 큰언니는 한 가지 말씀드리고 싶은 게 있다면서

운을 뗐다.

"아버지, 이거.

너무 궁금해서 더 이상 참을 수 없어서 제가 지난번 민호가 집에 왔을 때 챙겨 둔 거에요."

지민이 칫솔이 든 비닐봉지를 아버지에게 건넨다.

"이게 뭐니?"

"민호가 쓴 칫솔이에요. 아무래도 민호가 아버지를 너무 닮은 것 같아요. 게다가 민호도 문 산부인과에서 태어났다고 하고. 아무튼 아버지 한번 검사해 보면 좋을 것 같아요."

아버지는 펄쩍 뛰었다. 무슨 말도 안 되는 소리를 하느냐고.

"우리 서울 올라오기 전에 아버지 수소문하고 다녔잖아요. 아기가 바뀐 것 같다고"

큰언니는 아버지를 멀리하는 민호 엄마가 수상하다고 목구멍까지 넘어오는 말을 애써 눌러 담았다. 말도 안 된다며 펄쩍 뛰기는 했지만 아버지 역시 민호만 보면 진숙이 생각났고, 이상하게 지아를 보고 있으면 민호 엄마 나영이 겹쳐졌다.

지민이가 두고 간 비닐봉지를 한참 동안 들여다보던 아버지는 민호 엄마 나영에게 전화를 건다.

"접니다. 오늘 좀 뵈었으면 하는데 시간이 괜찮을까요? 뭐 좀 꼭 여쭤보고 싶은 게 있어서 말입니다. 우리 둘의 문제는 아닙니다. 그럼 이따가 거기서 뵙겠습니다."

멀찌감치에서 안절부절못하는 나영을 지켜보던 아버지가 성큼 걸어 들어가 나영 앞에 선다.

"일찍 나오셨네요. 오는 길에 차가 밀려서."

나영은 고개도 제대로 들지 못하며 무슨 일이냐고 재촉했다.

"일찍 들어가야 해서요."

"꼭 확인하고 싶어서 뵙자고 했습니다."

아버지는 커피숍을 빠져나와 룸으로 올라갈 것을 청했다. 하지만 나영은 싫다고 했다.

"여기서 하세요. 남들 눈도 있고."

"잠깐이면 됩니다. 맞습니다. 남들 시선을 피하고 싶어서 그렇습니다."

나영이 더는 실랑이를 벌이지 않았다. 엘리베이터를 타고 아버지와 민호 엄마 나영은 9층 916호 방문 앞에 섰다.

낮인데도 어둠이 깃들어 있는 방이다.

"……솔직하게 말해주면 좋겠어요."

선 듯 말하지 못하고 뜸을 들이던 아버지가 말문을 열었다.

민호를 문학에 있는 문 산부인과에서 출산한 게 맞는지, 지아랑 나이가 같은데 생일은 어떻게 되는지, 아버지는 나영에게 조심스레 묻는다.

"……."

윗 옷자락을 움켜잡으며 입술을 잘근 씹을 뿐, 나영은 대답하지 못했다.

"먼저 확인하고 싶었고, 직접 듣고 싶어서 뵙자고 했는데 제가 경솔했습니다. 죄송합니다."

아버지는 나영을 두고 일어났다. 잰걸음으로 빠져나오려는데 뒤에서 나영이 흐느끼며 말했다.

"다,

다, 말씀드릴게요."

나영이 그 자리에 털썩 주저앉았으며 말했다.

"민호,

민호 당신 자식이에요!"

나영은 바닥에 엎드려서 몸부림을 치며 죽을죄를 지었다고, 미안하다는 말을 수도 없이 되뇌면서 울음을 토해내고 있었다.

아버지도 어렴풋이 그럴지도 모르겠다는 짐작은 했었지만, 직접 나영에게서 그 말을 듣는 순간, 아무 생각도 들지 않았다. 그저 멍하게 허공만 응시할 뿐. 해머로 강하게 머리를 얻어맞은 것처럼 아찔한 현기증만 일었다.

"왜,

왜 그랬어. 왜?"

아버지는 옛날에 지아에게 보내온 사진 속 아이가 진숙의 아이라는 생각을 떨쳐내지 못했었다. 물론 나영을 처음 만났을 때 그 사진 속 민호 엄마 나영이라는 사실을 깨닫지 못했다. 다만,

나영을 만나면 만날수록 지아와 닮았다는 생각을 했을 뿐이다. 하지만 반줄에서 민호를 만나고 그 이후, 자꾸만 자기를 밀어내는 나영을 보면서 무슨 말 못 하는 비밀이 있을 거라고 생각은 했다. 아버지는 애써 그 비밀이 민호와 지아에 관한 것이라는 생각은 하고 싶지 않아서 일부로 떠올리지도 않았다. 그런데 지금 그 모든 일들이 사실이라고 나영이 말하고 있다. 문 산부인과에서 지아를 출산한 이야기부터 진숙의 아들 민호 이야기까지 하나도 빠트리지 않고 모두 털어놓았다.

"죄송해요.

정말 죄송해요…….

저를 절대 용서하지 마세요!

이 죗값은 반드시 제가 받을게요."

눈물이 범벅이 된 얼굴로 괴로움에 잠식된 여리고 여린 여자가 몸부림치고 있다.

"왜 그랬어,

왜…….."

아버지는 나영을 일으켜 세우며 부둥켜안았다.

"왜 자식을 바꿨어. 왜 그런 무서운 짓을 저질렀어 왜?"

"무서웠어요. 쫓겨날까 봐. 다시는 가족들을 못 볼까 봐."

"용서를 구해. 지아에게 민호에게 용서를 구해!"

"못해요. 그 아이들 얼굴을 어떻게 봐요. 그냥 여기서 죽을래요."

나영은 갑자기 창문으로 달려갔다.

"나영아!"

아버지는 나영을 간신히 붙잡았다.

미안하다고, 죄송하다고 벌은 이미 받고 있다며 민호 하나만 남기고 제 핏줄들은 모두 죽었다며 이렇게 기구한 인생은 사라져야 한다며 나영은 발버둥 쳤다. 아버지는 그런 나영을 안고 하염없이 눈물을 흘렸다. 아무 말도 할 수가 없었다.

"나도 죄인이야. 나도……."

아버지는 나영에게 용서를 구했다.

"당신 딸, 지아를 나는 짐승처럼 그 아이를……."

지아에게 저질렀던 학대를 돌이킬 수만 있다면 돌이키고 싶었다. 하지만 그럴 용기가 없다며 두 사람은 서로를 용서해 달라며 부둥켜안고 하염없이 눈물을 흘렸다. 방안으로 주홍빛 석양이 스며들고 있었다.

"가자.

당신은 민호를 데리고 잘 살아. 나는 지아랑 우리 애들이랑 잘 살 테니."

"미안해요. 미안해요."

"운명이란……. 그렇게 찾고 싶었던 아이가 당신 곁에 있었다니. 우리가 조금만 더 빨리 가족이랑 만났더라면 어땠을까?"

"절, 용서하지 마세요!"

"아니야, 아니야.

민호를 누구보다 잘 키운 당신이잖아. 우리 집에서는 그렇게 멋지게 못 자랐지.

민호 그 아이의 운명이겠지. 하지만 지아가 너무……."

아버지는 자신이 빼앗아버린 지아의 어린 시절을 어떻게도 갚을 길 없다는 사실이 너무나 괴로웠다. 초롱초롱한 눈으로 호기심이 많았고, 누구보다 영특한 아이였는데, 그 찬란한 마음에 구멍을 내고, 얼룩진 멍으로 너덜너덜 기워진 낡고 초라한 상처투성이로 만들어 버린 자신은 정말 용서받지 못할 사람이라며 나영에게 무릎을 꿇는다.

"나는, 나는 어떻게 용서를 구하면 될까?"

"…….

내 죄로 벌어진 일인 걸요. 모두 내 죄로."

큰언니는 아버지를 기다리고 있었다. 하지만 아버지는 밤이 이슥하도록 돌아오지 않았다.

⑰
나한테 왜 그랬어

"아버지 요즘 민호 엄마 안 만나요?"

지인이가 말을 꺼냈다. 한참 동안 민호 엄마 이야기는 금기사항이었다.

"……."

대답 없는 아버지에게 지은이가 재촉한다.

"두 분 결혼 안 하시기로 했어요?"

"그래."

아버지 대답은 간단했다.

"어, 왜요? 왜……."

큰언니 지민이 동생들에게 고개를 가로저으며 그만하라며 눈치를 준다.

"지민이 이따가 회사로 좀 나오거라."

아버지는 언제나 큰딸 지민이가 든든했고 의지가 되었다. 이제는 어른이 된 지민이는 그 옛날 진숙의 모습을 담아내고 있었다.

"지민아, 나가자."

아버지는 오랜만에 부녀간 데이트하자며 지민을 데리고 백화점에 가서 옷을 한 벌 사 주셨다. 그리고 경기도 인근으로 나가서 아버지와 지민이는 맛있는 식사도 했다.

"아버지, 이제 말씀하세요. 들을 준비하고 나왔어요."

식사가 끝나갈 무렵 지민이가 먼저 운을 뗀다.

"그래, 밥 다 먹고 차 한잔하면서……."

남한강이 한눈에 들어오는 카페였다. 물비늘이 잔잔하게 일어나 짙은 윤슬을 만들어내고 있었다. 한참 동안 지민이와 아버지는 말없이 잘 볶아진 원두로 내린 향 짙은 커피만 한 모금씩 음미하고 있었다.

"하아, 어디서부터 이 이야기를 시작해야 하는지……."

아버지는 잘 자라준 큰딸 지민이 대견하고 고맙다며. 그리고 많이 의지가 된다는 속내를 보이셨다. 그리고 길게 숨을 고르시더니 말씀을 시작했다.

"지민아, 대략 눈치채고 있겠지만 민호는 네 동생이 맞다.
죽은 엄마가 민호를 낳고……, 그날…… 휴유~."

아버지는 목이 막혀서 말을 끝내지 못했다. 지민이도 아버지의 첫마디에 눈물이 쏟아져서 말할 수가 없었다.

"그리고 지아는……, 지아는 민호 엄마 딸이더구나."

아버지는 빠르게 말을 마치고 고개를 들지 못했다. 어떻게 하면 좋으냐고. 어떻게 하면 좋겠느냐는 말만 되풀이했다. 지민이는 대략 짐작은 하고 있었지만, 사실로 확인되는 이 상황에 현실감을 느끼지 못했다.

"정말요. 정말요……."

재차 확인이 필요했다. 확인을 받아 내야 했다.

"그런데 말이다. 지민아, 이 모든 사실을 지아에게 알려줘야할 것 같은데……, 어떻게 알려야 할지 도무지 방법이 생각나지않는구나."

"……."

한참 동안 아무 말이 없던 지민이 아버지에게 묻는다.

"어떻게 알게 되었어요?"

"그게……."

일단 서울로 올라가면서 모든 이야길 하겠다며 아버지는 자리에서 일어났다. 차에 올라 운전대를 잡은 아버지는 머뭇거렸다. 길게 한숨을 뱉으며 던지듯이 빠르게 말하기 시작했다.

"민호 엄마 나영이 문 산부인과 불이 나던 그날, 두 아이를 구해서 나오다가 바뀌었다고 하더구나."

"그, 그럼 알면서……. 알고 있었으면서 어떻게 그럴 수 있어요! 어떻게……!"

짐작은 했는데, 예측이 사실로 드러나는 순간, 자신도 미처 몰랐던 분노와 처절한 고통스런 복잡한 감정을 지민인 견디기 힘들었다. 헛구역질이 올라왔다.

"괜찮니?"

아버지는 지민이 등을 두드린다.

"지만아, 어른들이 미안하다. 정말 미안하다."

지민이는 참았던 설움과 울분이 쏟아졌다. 처음으로 정말 처음으로 아버지를 원망했다. 그러니까 좀 잘하시지 왜 그랬느냐고 지민이는 아버지를 향해서 잔뜩 독이 오른 맹수처럼 달려들었다. 아버지는 말없이 운전만 하셨다. 서울로 어떻게 올라왔는지 그 아름답던 남한강 경치는 어땠는지 아무것도 눈에 들어오지 않았다.

집으로 들어가지 않고 지민이 가게 문을 열고 카페 안으로 들어서며 말했다.

"그래서 이제 어떻게 하실 거예요?"

"뭐어?"

어떻게 할 거냐는 질문을 받게 될 줄은 생각하지 못했었다.

"결혼은 안 하시고, 아예 남으로 살 거예요. 민호는 그 아줌마가 키우고, 지아는 저를 낳아준 엄마가 누군지도 모른 체 이렇게……."

아버지는 생각하지 않았던 것은 아니었지만, 그렇다고 어떻게 할 수 있다는 생각은 안 했다. 아니 애써 외면했던 일이었다. 그런데 지민이가 이렇게 정면으로 그 이야기를 수면으로 끌어올릴 줄은 생각도 못 했다.

"네 생각은 지아에게 사실을 알려야 한다는 거구나."

"네.

지아는 알아야 할 것 같아요. 시간을 두고 천천히."

"그게 맞다 만⋯⋯."

철커덩!

가게 도로 편으로 난 문이 열렸다 닫히는 소리였다. 지민이 다이닝룸에서 황급히 나와 가게 문을 열고 나갔다.

'들었구나.'

지아가 달아나고 있었다.

'얼마나 황망할까?'

"지민아, 무슨 일이야?"

아버지가 뒤늦게 따라 나오며 말했다.

"지아가 다 들었어요⋯⋯."

"뭐라고!"

'매번 지아는 왜 이런 일을 하나도 놓치지 않고 직접 겪는 걸까? 왜?'

지민인 지아가 너무 가여워 눈물이 왈칵 쏟아진다.

"지난번, 저와 했던 유전자 검사 결과지도 지아가 다 봤어요.

왜 매번 지아는 이 모든 일을 다 직접 겪는지 모르겠어요. 너무 아파요 아버지⋯⋯."

지민이는 조금만 덜 매몰차게 대할걸. 자꾸만 어린 지아를 괴롭힌 옛날이 떠올라 그 괴로움으로 아무도 모르게 정신건강의학과에 다니고 있었다.

"지아야, 지아야……."

대답이 없다. 지민이는 텅 빈 지아 방에 앉아서 멍하게 천장을 올려다본다. 천장 한가운데 깨알 같은 글씨가 보였다. 의자를 밟고 올라가 글씨를 확인했다.

'사랑은 누구나 자신의 삶을 스스로 책임 질만큼의 무게를 가지고 이 세상에 태어난다. 그러니 내가 지금 힘들다고 여기는 수많은 일들은 나의 기차에서 마지막 칸에 닿기 위한 통로이니, 그 칸에 너무 오래 머물지 않아야 한다.
이 세상은 해원의 바다다! ―꽃차 할머니―
이지아, 너는 꼭 멋진 어른이 될 거야!'

지민인 의자에서 내려왔다.

'알 것 같다가도, 이내 혼란이 생기는 심오한 글귀다.'

"저런,

해석이 바로 안 되는 글을 써 놓고 자신을 위로하고 위안받았을 가엾은 지아……."

고단하고 힘들었을 지아를 생각하니 또 속이 아렸다.

'그런데 꽃차 할머니는 대체 누굴까?

지아는 주변이 참 복잡하구나.'

지아가 의지하는 분인 것 같아서 지민인 궁금증이 일었다.

뜻밖의 사실을 또 마주하게 된 지아는 견딜 수 없는 분노로 치를 떨었다. 온몸이 녹아내릴 것만 같았다.

'이제는 따질 거야.

이제 더는 참을 수 없어.'

지아는 버스를 타고 민호네 집으로 가고 있었다.

'안 울 거야. 이제 눈물도 흘리고 싶지 않아. 왜 매번 내게만 그래. 왜 매번 나한테 그래. 안 참을 거야. 다시는 안 참을 거야.'

눈물이 후드득 떨어지고 있었다. 어금니를 깨물고 입술을 잘근 씹었는데도 눈물이 멈추지 않았다. 안 울 거라고 다짐했는데. 이제 더는 울지 않을 건데. 눈물은 자꾸자꾸 볼을 타고 손등으로 옷 위로 후드득 떨어졌다.

"엄마, 저 누나 울어. 아까부터 자꾸 울어."

"쉿!"

아이는 엄마가 말리는데도 자꾸만 지아를 빤히 올려다봤다.

"누구세요?"

"민호야, 너 밖에 좀 나가 있을래. 내가 네 엄마랑 꼭 할 말이 있어서 그래."

"아, 알았어."

민호는 도서관 가겠다며 가방을 챙겨 들고 나갔다. 지아는 잠근 장치를 밖에서 풀 수 없도록 도어락을 수동으로 바꿨다.

"……지아, 지아야……."

갑작스레 찾아온 지아를 보고 당황한 나영은 놀란 표정으로 지아를 본다.

파르르 손을 떨며, 두르고 있던 목도리를 벗어 바닥으로 홱 집어던지며 지아가 소릴 질렀다. 이제까지 한 번도 질러 본 적 없는 목소리로 목에 파란 핏줄을 세워가며 지아가 소리를 질렀다.

"왜, 왜에!

나한테 그랬어요!

왜, 나한테 그랬어요!

엄마가, 엄마가, 그러면 안 되잖아요!

엄마가 어떻게 그래요!

엄마는 그러는 거 아니잖아요!

왜,

왜……에……,

나한테 왜 그랬어요? 왜, 왜!

나는 그냥 나로 태어난 건데.……."

있는 대로 소릴 질렀다. 난생처음으로. 그 모든 순간들이 너무나 아프고 억울해서 지아는 패악질을 부리고 있었다. 그런 지아를 보며 털썩 주저앉은 나영은 말이 없다.

"미안하다. 미안하다."

"뭐가요?

뭐가요? 뭐가 미안한데요?"

지아도 그 자리에 털썩 주저앉아 악을 쓰고 있었다.

"지아야,

지아야…….

우리 지아야. 정말 미안해."

'우리'

그 말에 지아가 무너졌다. 핏줄이었다. 뜨거운 핏줄이었다.

'엄마가 운다.'

가슴속에서 뜨거운 것이 올라갔다 내려갔다 하는데 엄마가 우는 얼굴은 차마 볼 수가 없다.

"울지 마요. 울지 마요.

내 앞에서 울지 마요!"

얼마나 시간이 지났는지 모르겠다. 거실은 온통 어둠이 꽉 들어앉아 있었다.

"지아야,

한 번만 안아 보면 안 될까?"

새파랗게 독이 오른 얼굴로 바들바들 떨며 악을 쓰던 지아를 끌어당겨 안는다.

"미안해. 잘못했어, 지아야⋯⋯."

"⋯⋯."

지아는 목 놓아 울었다.

"이렇게 예쁜 우리 아가, 우리 지아. 미안, 미안⋯⋯."

나영은 차마 제 입으로 엄마라는 말을 뱉을 수도 없었다.

"왜, 왜에,

엄마가⋯⋯."

지아는 엄마라는 단어를 얼마나 갖고 싶어 했고, 부러워했는데, 세상에 엄마를 갖고 있는 아이들이 너무 부러워서 이불을 덮어쓰고 얼마나 울었는지 모른다며, 게다가 민호 엄마였던 나영의 따뜻한 손길을 받고 그리움의 상사병까지 앓았던 저였다며 목놓아 운다.

"그 옛날,

민호 손목을 끌고 가던 엄마는 지아 엄마는 아니었네요.

정말 비정하고 모진 모정인 사람이었네요.

게다가 이미 모든 것을 알고 저를 찾아왔으면서,

또 한 번 저를 외면했었다는 사실에 치가 떨려요."

어떻게 그럴 수 있었느냐고, 그렇게 모질고 못된 사람이 나를 낳아준 엄마라는 사실이 너무나 견딜 수 없이 슬프고 처량하다며 암팡지게 움켜쥔 작은 주먹으로 가슴을 팡팡 두드린다.

"그만, 그만."

나영은 지아의 주먹 쥔 손을 붙들어 내 가슴을 때리라며 지아의 손을 잡아당긴다.

"지아야."

나영은 눈물범벅이 된 지아의 얼굴을 손으로 닦는다. 퉁퉁 부은 얼굴. 가슴에 바늘을 꽂는 듯이 아팠다.

"미안해, 아가야 미안해."

"……."

'엄마다. 내 엄마.'

나영에게 안겨 모질고 독한 말을 끝도 없이, 어떻게 하면 더 모질게 독한 말을 쏟아낼 수 있는지 연구한 아이처럼 마구 퍼붓던 지아의 독설이 잦아들었다. 나영은 말없이 지아를 꼭 안고 등을 쓸어내려 주었다. 미안하다는 말만 수도 없이 되뇌면서.

"민호한테는 말하지 말아요.

민호까지 아프게 하고 싶지 않아요."

지아는 자리에서 일어나 천천히 제 가방을 챙기며 말했다. 어둠과 정적이 똬리를 튼 거실은 이상하게 마음을 차분하게 만들었다.

"지아야!"

나영은 불현듯 이대로 지아를 보내면 영영 다시는 가까이 다가가지 못할 것 같다는 불안감이 엄습해 왔다. 팔을 잡아끈다.

"미안해, 차마 용서를 구할 용기도 염치도 없는 사람이지만…….

고맙다 잘 자라줘서……."

"지금, 잘 자라주었다고 했나요?

이게 잘 자란 걸로 보여요. 죽을힘을 다해서 버티고, 버티고 있는 걸로 안 보이시나요?"

지아는 뒤도 돌아보지 않고 나왔다. 속이 시원해야 하는데 가슴에 바윗덩이가 얹혀져 있는 것처럼 무거워서 숨을 제대로 쉴 수가 없었다.

"하악하악~."

지아는 현관을 빠져나오자마자 숨을 몰아쉰다.

'제다 자기를 편의대로 생각하는 어른들.'

시간은 빠르게 흘렀다.

태풍처럼 지나간 순간들은 흔적만 남기고 그 자리를 벗어났다. 아무것도 모르는 민호는 여전히 지아와 단짝이 되어 주말이면 도서관에서 공부를 하고 떡볶이도 나눠 먹으며 고3 수험생 준비를 철저히 했다.

"학교 다녀왔습니다."

지민이는 천연덕스럽게 아무 일도 없다는 듯이 등교하고 민호를 만나서 공부하는 지아가 대견하면서도 불안불안했다. 언제 터질지 모르는 시한폭탄을 안고 있는 느낌이라면 그 표현이 맞을 것 같았다.

"지아야, 공부는 잘되니?"

"그냥, 억지로 하는 거지 뭐."

상냥한 지아는 사라졌다. 짧고 단답형인 대답뿐인데 저 정도라도 해주는 날엔 개탄 날 이었다.

그런 어느 날이었다.

"큰누나가 끓여주는 라면 먹고 싶어서 왔어요."

민호다. 지민인 오랜만에 찾아와서 라면 타령을 하는 민호가 반가웠다.

"누나, 계란은 두 개!"

"안 돼, 하나만이야. 계란이 얼마나 비싼데."

지민이는 장난을 친다.

"민호야, 특별히 계란 두 개 넣었다. 맛있게 먹어."

지민이는 후루룩, 후루룩 소리를 내며, 라면을 맛나게 먹고 있는 민호 모습이 참 보기 좋았다.

"민호야, 너는 우리가 진짜 한 가족이 되어서 살면 좋을 것 같지 않아?"

"음, 그래도 좋을 것 같긴 해요."

"그럼, 우리 진지하게 한 번 그 문제에 대해서 논의해보자."

지민이는 민호한테 아직 다른 사람들한테는 비밀로 해야 한다며 단단히 못을 박았다.

"특히, 지아한테 말하지 마."

"왜요?"

"이제 곧 예민한 고3 수험생이 될 거라서, 되도록 심기 안 건드리는 게 좋을 것 같아서."

"오케이 누나!"

지민이는 나이 들어가는 아버지 곁에 민호가 있으면 참 좋겠다는 생각이 요즘 부쩍 들었다. 물론, 민호 엄마 역시 지아를 곁에서 보면 더할 나위 없겠다는 생각도 들고.

'그러려면 그 꽃차 할머니를 만나서……, 지아를 설득해야 하는데.'

지민이는 지아에게서 꽃차 할머니에 관한 단서를 어떻게 찾아내야 하는지 고심하기 시작했다.

"달그락"

4차선 도로를 바로 건너면 돌담 축이 높게 쌓인 건물 안쪽에서 가끔 찻잔 부딪히는 소리가 자동차 소리에 섞여서 들릴 때가 있다.

'그건 아주 가끔 예민한 청각을 가진 사람들만 들을 수 있는 소리란다.'

"그런 날엔 나를 누군가가 만날 수 있지.

어디, 저 아기 달래주러 가야겠구나."

'어디 보자, 실핀 하나 꽂고, 웃음 한 방울 담고.'

"삐걱"

4차선을 가로질러 돌담 축이 높은 건물에서 두 평이 안 되는 작은 공간 문이 빼꼼 열렸다.

'달그락, 달그락'

'아, 할머니다!'

"할머니~!"

지아가 손을 높이 들어 꽃차 할머니를 반긴다.

"그래, 지아구나. 잘 지냈니? 그런데 얼굴이……."

아주 가끔 운이 좋아야 만날 수 있는 꽃차 할머니였다. 꽃차 할머니는 낮달이 반달일 때 만날 수 있다. 그리고 한 가지가 더 있다. 비밀.

오랜만에 꽃차 할머니를 만난 지아는 재잘재잘 쫑알쫑알 제 모든 이야기를 털어놓았다.

"힘들었겠구나."

지아는 저를 낳아준 엄마를 찾았다며 그 친엄마가 민호 엄마 였다는 이야길 하면서 또다시 목이 메어 말을 잇지 못했다.

'나는 그냥 나일 뿐인데, 어른들 계산으로 버려졌다는 사실이 견딜 수 없었다'고 말했다.

"세상에……, 가혹하기도 하지.

하지만 잘되었구나.

그 때문에 우리 지아는 기차 칸을 두어 칸이나 단숨에 넘어갔
구나."

"나는 그냥 나일 뿐이라는 것을 알았는데, 그런 시시한 일에
휘말리지는 않죠!"

꽃차 할머니는 지아를 대견스레 바라보며 말했다.

"그래,

이미 지아는 그냥 지아일 뿐이지.

다른 사람들이 끼어들면 안 되는 찬란한 지아인 걸.

우리 차 한잔해야지."

"헤, 좋아요!"

'달그락'

4차선 도로를 가로질러 높은 돌담 축대 건물에 두 평이 채, 안
되는 작은 공간의 문이 열렸다.

달

그

락

"차향이 아주 진해요. 할머니."

"차향이 진하냐? 먹고 엄마한테 가거라."

달

그

락.

내가 지아만큼의 나이였을 때, 내 친구가 이런 말을 했다.

"어릴 때, 사흘을 굶은 적이 있는데,

어느 날 누가 밥을 갖다주니까,

엄마가 동생도 나도 안 주고 제일 먼저 먹더라."

그 시대는 밥이 귀하고 먹거리가 귀했던 시대였다. 밥도둑이 있을 때였으니…….

진짜, 배가 고프니까 엄마도 자기 먼저 챙긴다면서 친구가 웃으며 한 말이었다. 가끔 그 친구 말이 생각난다.

어린 사람들에게 엄마는 절대적 존재이다. 엄마가 신이고 엄마가 온 세상이며, 엄마로 인해 모든 것이 존재한다고 해도 과언이 아니다. 그런 엄마가 때로 가끔 이기적인 모습을 보일 때면 그 모습이 엄마의 전부가 아님에도 어린눈에는 두려움이 생기고, 엄마 눈치를 살피며 소외감이 한없이 깊어진다.

우리는 누구나 트라우마를 한 번은 겪으며 살아간다. 첫 번째 트라우마를 만들고 깊어지게 하는 이들은 가장 가까운 가족이다. 특히 부모님에게서 받은 트라우마나 형제자매에게서 받는 트라우마는 성격 형성에 지대한 영향력을 끼친다고 해도 틀린 말은 아니다.

나의 유년의 시절 한 토막을 돌이켜봐도 그렇다. 그 당시를 이야기하면 나의 엄마는 언제나 웃으시면서 그때는 그럴 수밖에 없었다는 말로 넘어가지만, 다섯 살 내겐 전생에 겪었던 불안과 좌절이었다는 것을 엄마는 상상도 하지 못하는 것 같다.

다섯 살 추석날, 나는 길에 버려졌다.(이 표현이 과하다고 말할지도 모르지만, 버스 문이 닫히는 그 순간) 엄마가 나만 남겨두고 오빠, 언니, 동생까지 업고 버스를 타고 큰집으로 가버렸다. 지금도 그날은 너무 생생하다. 바람은 심하게 불었고, 따라가려는 내 손에 종이돈 500원을 쥐여주며, 지나가는 아저씨한테 붙잡아 달라고 부탁한 엄마는 버스를 타고 가버렸다. 내 눈앞에서, 나만 남겨두고. 어떻게 그럴 용기를 엄마는 내었는지……. 그 시절이었으니 지나가는 아저씨에게 아이를 붙잡아달라는 부탁을 할 수 있었겠지만, 상상이 닿지 않는 부분이다. 어떻게 아빠를 만났는지 기억에도 없는데 그날, 아빠랑 큰집에 갔다고 한다. (엄마와 아빠는 사전에 모의가 있었던 모양이다. 그 시각 버스를 타고 가면 아빠가 와서 데리러 오기로…….)

지금도 내게 남은 그날의 선명한 기억은 버스 문이 닫히고, 흙

바람이 날리는 길바닥에 낯선 아저씨랑 있던 기억. 손에 쥔 500원 돈을 찢어서 버린 기억밖에 없다.

그 이후, 분리불안을 겪은 탓인지 나는 엄마주위를 맴도는 아이가 되었고, 외출이라도 하는 날엔 집 근처에 들어서면 온 동네가 떠나갈 듯 외쳤다.

"엄마~!"

엄마가 집에 있는 날엔 기분이 좋았고, 엄마가 없는 날엔 일주일 동안 엄마랑 말을 않곤 했다.

하지만 지나칠 만큼 모성애가 깊은 엄마는 우리에게 최선을 다한 한국 어머니상이다. 심지어 집에 찾아오는 걸인에게도 밥상에 밥을 한 상 차려 대접할 정도로 그 고단함을 위로하던 분이셨다. 어릴 때 그 모습은 정말 이해가 안 되고 불쾌하기 짝이 없었지만, 지금 생각해 보면 그 바탕은 모성애 때문이었던 것 같다. 그뿐만이 아니었다. 설 명절이 되면 그날부터 한 달 동안 우리집은 아버지를 따르는 사람들의 놀이터였다. 한 달 내내 먹이고 재우며 하루도 손님이 없는 날이 없었다. 한 달 동안 먹이고 재우는 일이 결코 쉬운 일이 아니었음에도 그 모든 것이 가능했던 것도 엄마의 지나친 모성애가 아니면 가능하지 않았을 일이다.

'나한테 왜 그랬어'이 작품은 초등학교 5학년 무렵에 엄마를 형님이라 부르며 가끔 집에 찾아오던 아주머니의 이야기가 작품의 모티브다. 나는 이 작품을 쓰는 동안 참 많이 울었다. 지아랑 울면서 밤을 지새웠고, 지아의 설움과 고통이 나의 설움이었고, 고통이 되어서 잠을 잘 수도, 밥을 먹을 수도 없어서 이 글을 쓸 때 내 몸무게는 39kg이었다. 옆에 있는 이들의 걱정을 참 많이 듣기도 했다.

'나한테 왜 그랬어'는 양가감정을 지닌 엄마의 선택으로 인해, 그 엄마 때문에 고통을 겪어야 하는 자식의 아픔을 그려 낸 작품이다. 또한 엄마의 거울보다 더 큰 세상을 품은 자식의 거울을 그려 내고 싶었다.

우리는 이 세상에 태어날 때 저마다의 세상을 가지고 태어난다. 그 누구도 함부로 바꾸거나 일그러뜨릴 수 없는 존엄한 세상을 말이다. 그런데 자신조차도 알아차리지도 못한 어느 순간 그 모든 세상을 잠식당하고 내 것이 아닌 세상에서 살아내느라 있는 힘을 다해도 어쩌지 못하는 세상을 맞이할 때가 있다. 하지만 굽은 가지는 굽은 가지가 바른 것처럼, 지금 힘든 내 길도 견뎌내고 나면 그 길 역시 내가 가는 길의 내재적 힘을 키워 온 내 길이었다는 것을 알게 된다.

또한, 수많은 크고 작은 선택의 순간에 놓이게 되기도 한다. 작은 선택은 누구나 하기 쉽다. 하지만 결정적인 선택을 해야 할 때가 있다. 대의적 선택이라고 하자. 그럴 때는 눈앞에 보이는 이익을 위해서 선택하기보다는 조금 더 먼 미래를 생각하고 한 발

뒤로 물러서서 객관적 판단을 해야 한다. 생각이나 이익이 우선이 아닌, 대의명분과 정당성 혹은 합리성이 받쳐 주는 선택 말이다. 자칫 눈앞에 보이는 이익을 선택하게 되면 엄마나영이처럼 자기의 모든 것을 잃을 각오를 단단히 해야 할 것이다.

찬란한 청춘들이여!
그대들이 가지고 온, 온 우주를 의심하지 말고, 자신의 나침반을 철저히 관리하여 도착 지점에 정확하게 도착할 수 있도록 우주로 뻗은 자신의 안테나 주파수를 놓치지 말기를 바란다!

끝으로 이 글의 일차 독자로 울고 웃으며 함께 해 준 가족들과 마침내 세상의 바다로 유영할 수 있도록 아낌없는 성원과 도움을 주신 도서출판 답게 장소임 대표님께 감사 인사를 올립니다.

저 자 와
협의하여
인지 생략

〈나답게 청소년 소설〉
나한테 왜 그랬어

지은이 | 장수명
펴낸이 | 一庚 張少任
펴낸곳 | 도서출판 답게
초판 인쇄 | 2025년 3월 20일
초판 발행 | 2025년 3월 25일
등 록 | 1990년 2월 28일, 제 21-140호
주 소 | 04975 서울특별시 광진구 천호대로 698 진달래빌딩 502호
전 화 | (편집) 02)469-0464, 02)462-0464
        (영업) 02)463-0464, 02)498-0464
팩 스 | 02) 498-0463
홈페이지 | www.dapgae.co.kr
e-mail | dapgae@gmail.com, dapgae@korea.com
ISBN 978-89-7574-369-6
ⓒ 2025, 장수명

나답게·우리답게·책답게
* 책값은 뒤표지에 있습니다.
* 잘못 만들어진 책은 구입하신 서점에서 교환해 드립니다.